괴들남
공포 이야기

괴들남
공포 이야기

초판 1쇄 발행 | 2025년 1월 16일
초판 2쇄 발행 | 2025년 8월 18일

엮은이 | 괴들남
펴낸이 | 박영욱
펴낸곳 | 북오션

주　　소 | 서울시 마포구 월드컵로 14길 62 북오션빌딩
이메일 | bookocean@naver.com
네이버블로그 | blog.naver.com/bookocean_rabbit
페이스북 | facebook.com/bookocean.book
인스타그램1 | instagram.com/bookocean777
인스타그램2 | instagram.com/supr_lady_2008
X | x.com/b00k_0cean
틱톡 | www.tiktok.com/@book_ocean17
유튜브 | 쏠쏠TV · 쏠쏠라이프TV
전　화 | 편집문의: 02-325-9172　영업문의: 02-322-6709
팩　스 | 02-3143-3964

출판신고번호 | 제 2007-000197호

ISBN 978-89-6799-864-6 (03810)

*이 책은 (주)북오션이 저작권자와의 계약에 따라 발행한 것이므로 내용의 일부 또는 전부를 이용하려면 반드시 북오션의 서면 동의를 받아야 합니다.
*책값은 뒤표지에 있습니다.
*잘못 만들어진 책은 구입하신 서점에서 교환해 드립니다.

괴들남
공포 이야기

괴들남 엮음

Bookocean

차례

1부 미공개 스토리

괴기스런 마을 · 008
마네킹 공장 · 020
수상한 가죽책 · 031
수영장 · 043
얼굴 없는 여자 · 055
오지 캠핑 · 066
장례식장 · 077
중고 물건 · 089
택시기사 · 100

2부 독자 제보 스토리

고시텔 무료 식사 · 114
마트 무경력 직원 · 125
사직동 지하 커피숍 · 133
합천댐 차박 · 142
강원도 황토민박 · 150
강원랜드 귀신 · 158
결혼식에 찾아온 남자 · 166
기괴한 방앗간 · 176
배달 리뷰 이벤트 · 187
사진 모델 알바 · 196
선산 파묘 사건 · 206
신기 있는 여동생 · 214
아홉수 남자 · 223
엄마가 무당이 된 이유 · 232
우산 쓴 여학생 · 240
제부도 해루질 · 248

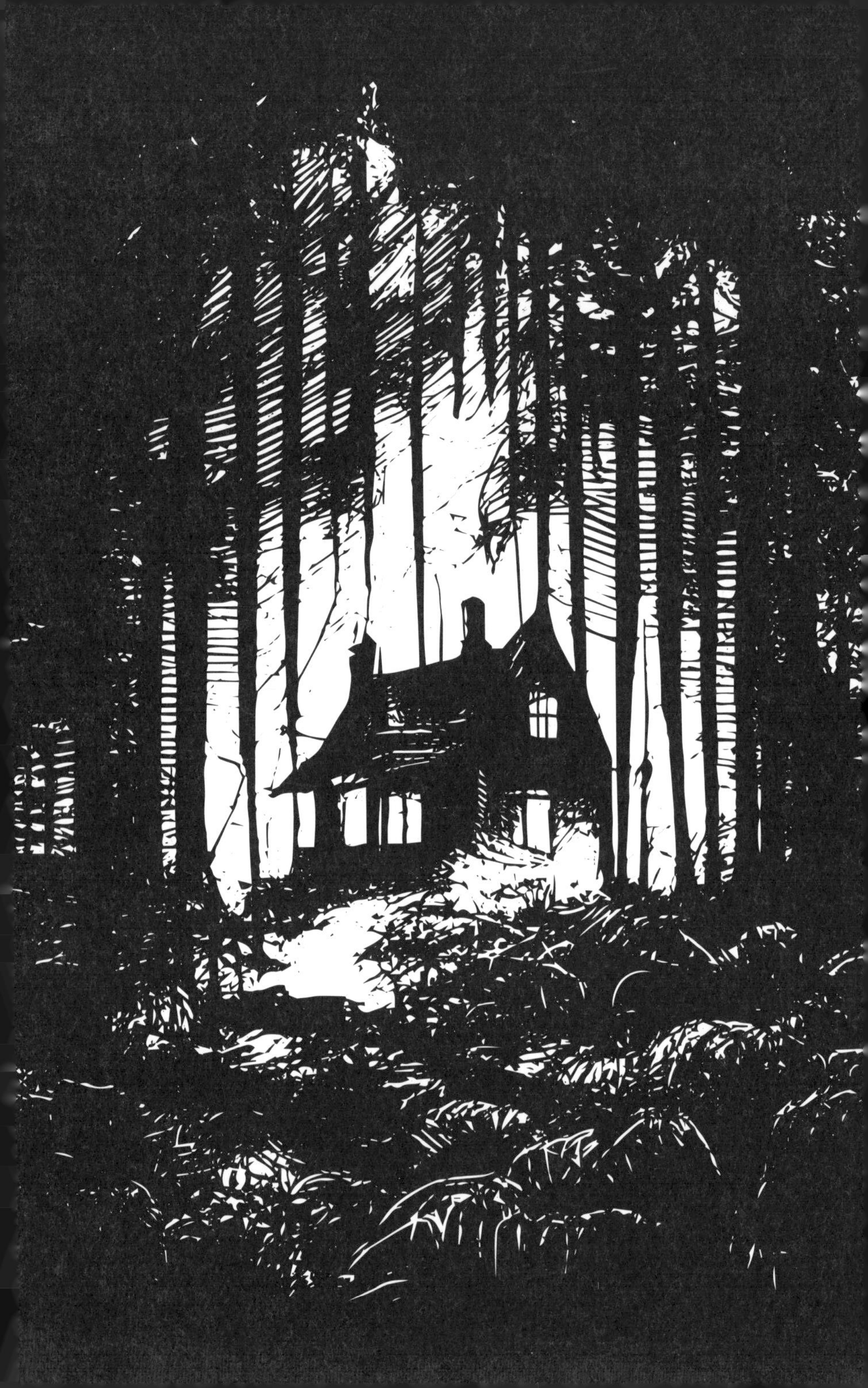

1부

미공개 스토리

괴기스런 마을

 민혁, 준식, 현우, 동윤, 민수 5명은 올해 20대 초반의 지극히 평범한 대한민국 청년들이다. 같은 지역에서 자라 초중고 모두 같이 나오면서 좋으나 싫으나 매일같이 만나면서 죽마고우로 지냈다.
 몇 년 전 어느 날, 민혁의 장난스러운 제안으로 그들은 유튜브 채널을 하나 시작하게 되었다. 영상 소재는 다름 아닌 흉가체험으로, 직접 며칠 묵으면서 생생한 공포를 전달하는 것이었다.
 채널은 공개 초반부터 대박이 났다. 호러 마니아층의 탄탄한

지지로 구독자가 쭉쭉 오르는 모습에 그들은 신이 나서 영상을 찍었다. 다행히 크게 문제가 생기거나 다치는 일 없이 꽤 오랫동안 영상을 찍어왔고, 이제는 국내의 유명한 흉가란 흉가는 다 다녀온 상태였다. 민혁은 점점 고갈되어 가는 영상 소재 때문에 걱정이 이만저만이 아니었다.

"야, 우리 소재 다 떨어졌어!"

"우리가 방송하면서 갈 수 있는 무서운 장소들은 다 가봤잖아. 이젠 더 찾을 데도 없을걸?"

"그렇다고 이제 구독자 늘기 시작했는데 여기서 그만둘 순 없잖아…."

"인터넷 두고 우리끼리 토론해봤자야. 검색이라도 하면 뭐라도 나오지 않겠냐?"

인터넷으로 검색해보자는 현우의 말에 민혁은 컴퓨터를 켰다. 역시나 흉가, 폐가로 검색해본 결과는 모두 이미 방문을 했던 곳들이다. 민혁이 그렇게 몇 시간째 성과가 없자 동윤이 나섰다. 동윤은 흉가, 폐가로 검색하는 대신 뉴스를 찾기 시작했다. 미제 실종 사건이 연달아 일어난 곳이나 의문사가 일어난 곳 등 의문의 사건이 일어나서 알려진 외진 마을을 위주로 검색했다.

"찾았다! 여기로 가면 되겠네."

"어딘데?"

"완전 산 구석에 있는 마을인데, 이 마을에 폐가에서 실종 사건이 엄청 많이 일어난대. 경찰도 여러 번 왔다 갔는데 뭐 이렇다 할 증거도 없고, 실종된 사람들도 폐가 체험한다고 외지인들이 마을에 갔던 거라서 마을 사람들도 달리 아는 게 없었나봐."

"일단 짐부터 싸자."

5인방은 먹을거리부터 침낭, 촬영 도구들을 바리바리 싸들고 바로 찾아갈 준비를 했다. 출발하기도 전에 다섯 명 중 가장 겁이 많은 민수가 어김없이 겁을 내기 시작했다.

"이제 이런 거 그만하자. 난 좀 그렇다…."

"설마 겁먹었냐? 이 세상에 귀신 같은 게 어디 있어? 사람이 제일 무섭지."

"어쨌든 맘대로 집 들어가는 거잖아. 허락도 없이…."

"어차피 버려진 집인데 신경이나 쓰겠냐? 만약에 걸린다고 해도 그냥 벌금 내면 그만이지."

"벌금으로 끝날 일이야?"

"아, 몰라. 그냥 그 정도 하겠지. 무서우면 빠지든가! 대신에 조회수 잘 나와서 회식할 때 너는 양심적으로 빠져라?"

민혁이 핀잔을 주자 다른 친구들도 한 마디씩 거들며 그를 부추겼다.

끝내 차에 올라탄 민수는 기분이 영 좋지 않아 보였다. 하지만 나머지들은 음악을 트는 여유까지 보이며 길을 나섰다.

"여기 길이 엄청 좁다…."
"차 못 들어가겠지?"
"여기서부터는 내려서 걸어가자."

외진 곳이라 정확한 주소를 찾기가 힘들었지만 뉴스에서 나온 대략적인 위치와 인근 주민들에게 길을 물어 찾아온 마을이었다. 역시나 길목은 좁고 험해서 도저히 차가 들어갈 수 없을 것같이 보였다. 그래서 민혁은 걸어가자고 말했고 다들 짐을 둘러메고 길을 나섰다.

산속이어서인지 해가 빨리 저물고 있었지만 아직 마을 입구는 보이지도 않았다. 설상가상 모두 다 무거운 짐 때문에 지쳐서 주저앉아버렸다. 그래서 준식은 근처에서 야영을 하고 다음 날에 가자고 이야기했다.

"여기 산짐승 나오면 어떡하려고? 내가 모기는 쫓아도 멧돼지라도 나오면 어떻게 못 해."

"야, 농담도…. 이 상황에 농담이 나오냐?"

"농담으로 들리냐? 너희가 진짜 멧돼지를 못 봐서 그래. 걔네가 들이받으면 최소한 골절이다."

"김현우, 서민수. 다 됐고. 빨리 가자. 어차피 야영하면 먹을거리 낭비야. 마을이라도 가면 사먹거나 얻어먹고 하면 좀 더 아낄 수 있잖아. 사전조사도 할 겸 마을 주민들이랑 인터뷰도 좀 하고."

준식의 한 마디에 불붙은 논쟁을 보다 못한 민혁이 중재에 나섰다. 확실히 날이 어두워지자 바람이 차가워지기 시작했고, 산짐승이라도 돌아다니는 듯 이곳저곳에서 요상한 울음소리가 났다. 서로 겁쟁이라고 놀려댈까 봐 말을 못 했지만, 내심 무서웠던 그들은 마른침만 꿀꺽 삼키고 낡은 로봇처럼 부자연스럽게 걸어가고 있었다.

"저기다! 뉴스에서 봤던 곳이랑 똑같네!"

동윤의 우렁찬 목소리에 모두 다 동윤이 가리키는 곳을 쳐다보았다. 아니나 다를까 음산한 분위기를 풍기는 폐가와 그 주위로 옹기종기 모여 있는 개량 한옥이 있었다. 그나마도 오래전에 있었던 일인 듯 군데군데 시간의 흔적들이 가득했다.

"여기… 사람이 살긴 했던 거야…?"

민수가 떨리는 목소리로 말했다. 말하기가 무섭게 안개 속에서 사람 형체의 그림자가 모습을 드러냈다.

"…!"

다들 소리조차 지르지 못하고 무서움에 떨고 있을 때, 그 그림자가 다가와 말을 걸어왔다. 왠지 너무나 익숙한 목소리였다.

"젊은 청년들이 이곳까지는 어쩐 일인가?"

큰집에 가면 그들을 반겨주던 듯한 할머니의 목소리였다. 무서움에 떨고 있는 그들은 그 다정한 목소리의 한 마디에 모든 경계심과 공포가 사그라드는 기분이었다. 민혁은 식은땀 한 줄기를 닦아내고 고된 산행에 힘 풀린 다리를 바로 세웠다. 뒤이어 준식은 참았던 숨을 뱉어내듯 천둥 같은 배꼽시계 소리를 자랑했다. 그러자 다 같이 긴장한 티를 안 내려는 듯이 과장되게 웃어댔다.

민수는 일단 짐부터 풀고 밥을 먹자고 하며 할머니에게 하루 정도 묵을 수 있는 여관이 없겠느냐고 물었다.

"물론 있지…. 여기까지 오느라 아주 고생 많았겠구먼그래. 아이고, 이 산골 구석에 젊은이들이 무슨 일로 왔어?"

"아, 저희는 인적이 드문 마을에서 야영하고 사람들에게 소개하는 일을 하고 있어요."

민수는 뻔뻔하게 거짓말을 하는 민혁을 보고 째려보며 눈치를 줬지만 민혁은 조용히 하라며 오히려 민수를 노려봤다. 그리고 귓속말로 속삭였다.

"산골이라 유튜브라고 알려드려도 모르실 수도 있잖아. 그거 언제 다 설명할래? 그리고 흉가 체험 하러 와서 사람들이 없어졌다는데, 우리가 흉가 체험하러 왔다고 하면 냉큼 그러라고 하시겠냐?"

"…."

민수는 구구절절 맞는 말에 할 말을 잃고 민혁을 멍하니 바라볼 뿐이었다. 그러자 그 어색한 분위기를 깨고 할머니, 할아버지 몇 분이 와서 뜨끈한 국밥을 내오셨다. 모두 인자한 미소를 지으며 한술 먹으라며 갖가지 반찬까지 가져왔다.

그러자 준식은 금세 웃음 지으며 허겁지겁 먹기 시작했다. 엉거주춤 한술을 뜨던 동윤은 이상한 것을 발견했다. 국에서 나온 검은 머리카락 한 올이었다. 동윤은 이 머리카락이 자기 것이 것인가 싶었지만 길이가 자기 것보다 훨씬 길었다. 뭔가 꺼림직하다고 느낀 동윤은 밥 먹기를 포기하고 숙소를 찾아 나섰다.

숙소를 찾아 나서자 벌써 해는 자취를 감추고 어두컴컴한 암흑뿐이었다. 게다가 가로등도 없어 빛 한 점 없었다. 동윤은 다 먹은 준식이라도 데려올걸 그랬나 하며 후회했다.

구석구석을 헤매다 아주 낡은 여관 간판 하나를 발견했다. 동윤은 여관도 찾았겠다, 얼추 시간도 지났겠다 싶어 다시 친구들이 있는 곳으로 돌아갔다.

"야, 얘들아. 여관 찾았어. 오늘은 일단 거기 가서 자자."

"어디 갔다 이제 와?"

"밥맛이 영 없어서 산책하러."

"아까는 배고프다며."

"자꾸 캐묻지 마라. 짜증나게, 진짜…."

갑자기 날카로워진 동윤이 의아하다는 듯 쳐다보던 친구들은 피곤하고, 배도 부르겠다 잠이 오기 시작해서 군말 없이 동윤을 따라 나섰다.

그리고 마침내 도착한 여관에서 가장 큰 방 하나를 잡아 묵기로 하고, 흉가 체험은 내일 영상으로 찍기로 했다.

"뭔가 느낌이 이상해."

"뭐가?"

"김동윤. 이상하잖아, 지금. 안 어울리게 계속 까칠하고…."

"너무 힘들었나보지. 냅둬."

샤워를 하러 들어간 동윤을 두고 친구들의 긴급회의가 열렸다. 아까부터 평소와 다른 모습을 보이는 동윤을 두고 현우가 꺼림칙하다는 속마음을 내뱉었다. 민혁은 내내 영상이 잘 나올지 고민하면서 조명기구와 촬영 도구만 만지작거리며 현우의 말에 대충 대꾸했다. 그러자 현우는 곧 입을 다물고 웅크려 잠에 들었다.

"불 끈다?"

"어. 내일 아침 6시에 일어나는 거다? 사전답사 하고 체험 바로 하자."

"알았어."

모두들 합창하듯 대답을 하고 잠에 들었다.

알람을 듣지 못하고 9시에 일어난 민수는 어젯밤과 다른 점을 바로 발견할 수 있었다. 동윤이 없었다. 동윤의 짐도, 신발도, 그 어떤 흔적도 남아있지 않았다. 다른 친구들은 그대로 누워있었다. 동윤이 사라졌다는 것을 전혀 모르는 듯 천하태평이었다.

"야….."

민수는 너무 놀라고 당황해서인지 도무지 말이 입 밖으로 나오질 않았다. 덜덜 떨리는 손으로 친구들을 깨우기 시작했다. 하나둘 잠에서 깨어난 친구들은 잠깐 바람을 쐬러 나갔겠지 하며 별것 아니라는 듯 말했다. 준식과 현우만 동윤을 찾아 민수와 함께 여관 밖으로 나왔다.

"김동윤! 재미없으니까 빨리 나와!"

"고민혁이 영상 찍는대! 빨리 와!"

한참을 찾는 중에 새된 비명이 들려왔다. 그 비명을 따라간 곳에는 동윤이 있었다. 그의 모습은 처참했다. 누가 일부러 관절을 움직인 듯이 곡예 수준으로 꺾인 팔다리와 반쯤 감은 듯 뜬 듯한 눈과 흥건한 피가 그들을 맞이했다. 그의 짐은 누군가 파헤친 듯 널브러져 있었고 한순간에 10년은 지난 것처럼 흙먼지가 잔뜩 묻어있었다.

준식이 울며불며 동윤의 눈을 감겨주고 팔다리를 정자세로 옮겨주려고 하자, 민수가 대뜸 막았다.

"동윤이가 갑자기 극단적인 선택을 했을 리는 없고…. 분명 누군가 일부러 그랬을 거야. 우리가 손을 대면 사건 현장 훼손이고,

경찰 조사에 방해가 될 거야."

"동윤이 편히 눈감게 해야지. 지금 그게 중요하냐?"

"가만히 있어봐! 경찰에 신고하고 있으니까."

현우는 혼란스러워하는 친구들을 뒤로하고 마을 사람들이 모여있는 뒷골목으로 향했다. 마을 사람들은 수근대고 있었다.

"이번엔 선우 할망 차례지?"

"나도 아흔인데 내가 해야 되는 거 아닌가? 진즉에 내가 말했잖아. 이젠 젊은이들 오지도 않는데 도시로 가자니까."

"도시로 가면 다 들키지, 이 사람아!"

"뭘 들켜? 젊은이들 제물로 바쳐서 젊음을 유지한다고? 그걸 누가 믿겠어?"

"쉿, 다 들어!"

"어차피 걔네가 신고해봤자 할 수 있는 일도 없어. 흐흐."

현우는 충격적인 사실에 입을 틀어막고 그대로 친구들에게로 돌아왔다. 이 마을 사람들은 젊은 사람들을 제물로 젊음을 유지하고 있다고 말했지만 그 자리에 있는 누구도 믿을 수 없었다.

그러던 중에 경찰이 도착했다. 경찰은 주변을 조사하고 목격자를 찾아봤지만, 마을 사람들은 다들 잠을 자던 중이었다며 잘 모르겠다는 식으로 입을 모았다. 그중 한 사람이 그들이 폐가 체험을 하루 왔었다고 증언했다. 그러자 경찰은 '또?'라는 얼굴로 수첩에 내용을 받아적었다.

이렇다 할 범행도구나 증거로 쓰일 CCTV도 없는 이 마을에서 경찰이 할 수 있는 것은 없었다. 결국 경찰은 돌아설 수밖에 없었고, 친구들 또한 모든 짐을 챙겨 다시 집으로 돌아와야 했다. 경찰차를 선두로 그들은 다시 차에 올라탔다. 민혁은 묵묵히 액셀을 밟았다.

정적만이 돌아가는 차 안을 채울 뿐이었다.

마네킹 공장

성수는 올해로 60세 정년을 맞이하여 회사에서 정년퇴직을 했다. 한 회사에서 평생을 몸담아왔던 터라 정도 많이 생겼고, 신입사원들도 다 아들딸 같아 잘해주려고 노력했던 그였다. 그러나 회사에서 동료들이 정년퇴직을 하는 탓에 고민 중이었는데, 평소 어느 정도 돈을 모아둔 덕분에 쉽게 퇴사하기로 했다. 아내도 건강을 생각해서 일보다는 다른 것에 신경을 쓰라고 하며 응원해준 덕분에 결정은 더욱 수월했다.

그러나 일을 그만두고 쉬기에는 아직 젊은 나이라 생각한 그는

퇴직금으로 사업을 준비하기로 했다. 먼저 동호회 같은 것에도 참여하면서 사업 정보를 얻기 시작했다.

"성수야, 너 공장 한번 운영해볼래?"

"무슨 공장?"

"마네킹 만드는 곳인데 신생 브랜드 하나 독점으로 마네킹 납품 중이라 수익은 보장돼있어."

마네킹을 만드는 공장을 해보겠느냐는 제안을 하는 동호회 회원의 말에 솔깃해진 성수는 카페 한구석에 자리를 잡고 앉았다. 마네킹 공장인수가 어떻게 진행되며 자재비는 얼마나 드는지, 인건비는 얼마나 드는지 등을 물어보다 보니 금세 저녁이 되었다. 성수는 아내와 상의해서 결정할 생각으로 들뜬 마음을 가지고 집으로 돌아갔다.

"여보, 늦었네?"

"아, 동호회 끝나고 잠깐 이야기하다 왔어. 앉아봐. 이야기하고 싶은 게 있어서."

"뭔데?"

아내는 공장 인수라는 말을 듣고는 더 정보를 찾아보겠다며 천천히 결정하자고 말했다. 성수는 급한 일도 아니니 천천히 결정하자고 동의했다. 그 후로 온종일 컴퓨터 앞에 앉아 관련 정보를 찾아 헤맸다. 책도 구매해 읽기도 하고 만반의 준비를 마쳤다. 그리하여 마네킹 공장 하나를 인수하기로 하고 같은 동호회 회원에게 말하니 인수 과정을 모두 도와주었다. 덕분에 쉽게 그 과정을 마칠 수 있었다. 이제 사장님이 되었다는 기분 때문인지 어깨에 힘도 들어가는 것 같았다.

"여보, 걱정 많이 했는데 그래도 생각보다 공장이 말끔하네."

"그렇지? 수리기사분 불러보니까 기계 당장 사용해도 문제없대. 사람들도 모아뒀고, 바로 돌려도 될 것 같아. 혹시 몰라서 변호사 상담도 예약해뒀어."

"여보 준비 많이 했네. 나 사모님 되는 거야?"

"그럼~."

내심 걱정하던 아내도 공장을 보고 과정을 마치고 나니 조금 안심이 되는지 너스레를 떨었다. 성수는 재치 있게 그 너스레를 받으며 흐뭇하게 웃었다. 공장 직원들을 뽑는 날짜도 잡아두고 나니 진짜 공장을 운영하는 것이 실감이 났다.

"안녕하세요! 김성준입니다! 공장 경력이 있고 자격증은…."

"안녕하세요! 박나연입니다! 아직 경력은 없지만, 경리 관련 자격증이 있어 업무에 능합니다!"

하루 종일 앉아서 면접을 보려니 집중력도 떨어지고 허리가 뻐근해졌다. 아내와 함께 잠시 쉴 겸 커피를 마시러 나오니 면접을 봤던 한 사람이 말을 걸어왔다.

"안녕하세요, 사장님!"

"아, 면접 보셨던 정문식 씨 아니세요?"

"절 기억하세요? 감사합니다. 다름이 아니고, 공장을 잘 모르시고 인수하신 것 같아서요."

문식이 꺼낸 말은 다름이 아닌 그 공장의 과거에 관한 이야기였다. 마네킹 공장이라는 말밖에 듣지 못했던 성수는 조금은 들어봐야겠다고 생각했다.

문식이 시작한 이야기는 끔찍했다. 기계 오작동으로 공장 직원이 10명이나 사망하거나 중상을 입어 후유증을 앓게 되었다는 이야기였다. 물론 공장에서 기계 오작동이 없는 일은 아니지만 사망 또는 중상 이상의 사고가 자주 일어나는 건 기계에 큰 결함이 있다는 소리나 다름없었다.

"기계에 큰 결함이 있는 건가요?"

"아뇨…. 그거보단 그 이후로 공장에서 이상한 일들이 많이 일어나요."

문식은 어딘가 쫓기는 모습으로 식은땀을 흘리며 뒤를 자꾸만 돌아보았다. 그러더니 결국 인사도 하지 못한 채 자리를 떴다. 성수는 역시 기계를 다시 한번 점검해야겠다는 생각을 떨쳐낼 수가 없었다. 결국 거금을 들여 수리기사를 불러 점검을 했지만 역시나 이상 없다는 결과가 나왔다. 성수는 괴담 정도로 생각하고 넘어가기로 했다.

"안녕하세요. 마네킹 전문 공장 공장장 김성수입니다. 잘 부탁합니다."

"잘 부탁드립니다, 사장님!"

"오늘 힘차게 일해봅시다! 기계 오작동 시 바로 말씀해주세요. 아시겠죠?"

"넵!"

모든 직원에게 아침조회 겸 인사를 하고 작업 전 주의사항을 읊으며 안전교육을 시행했다. 더불어 기계 결함이 생겼을 때 지체 없이 알려달라는 당부도 마쳤다. 그렇게 사장실로 돌아왔는데, 물건 하나가 사라져 있었다. 이전 공장 운영에서 쓰였던 장부 중의

하나여서 보관해두려고 했던 성수는 애가 탔다. 그렇게 뒤적이고 있는 동안 사무실로 한 직원이 문을 두드렸다.

"사장님, 들어가도 될까요?"

"아… 이게 어디… 아, 들어오세요!"

그 직원은 기계 윤활유가 모조리 사라졌다는 이유로 찾아왔다. 뭔가 이상했다. 분명 윤활유를 충분히 사서 창고에 두었고 CCTV를 돌려봐도 감쪽같이 사라진 상황뿐 범인의 모습은 머리카락 한 올도 나오지 않았다. 급한 대로 근처 철물점을 수소문해 윤활유를 사서 작업을 재개했다. 성수는 귀신이 곡할 노릇이라며 그런 일은 바로바로 말하라고 했다. 그러기가 무섭게 다시 직원이 성수에게 달려왔다.

"사장님… 자꾸 불러 죄송합니다만, 나연 씨가 좀 다쳐서 병원에 가야 될 것 같습니다."

"뭐라구요?" 성수는 불길한 예감이 불현듯 등골을 휩쓰는 느낌에 사고 현장으로 달려나갔다. 불행 중 다행으로 살짝 찰과상 정도라 병원에서 치료를 받고 작업을 진행할 수는 있었다. 그렇지만 놀랐을 신입 직원을 배려해 오늘은 돌아가도록 조치했다. 성수는 문식이 했던 말이 자꾸 떠올라 불안한 마음을 숨길 수 없었다.

게다가 자꾸 사다 놓은 물품들이 CCTV에서도 아무런 증거 없이 사라지는 일이 발생하자 성수는 오늘 밤에 보안 점검을 하기로 했다.

"아이고, 엄청나게 어둡구만."

역시나 빛 한 점 없는 공장은 아무것도 보이지가 않았다. 그러나 손전등을 켜고 들어가니 꽤 괜찮았다. 공장 전체 전기를 켰다가는 숨어있던 좀도둑이 도망갈듯해서 켜지 못했다. 공장을 둘러보고 있는데 갑자기 위잉위잉 하는 소리가 들리기 시작했다.

"뭐야, 전기 다 껐는데 왜 기계가 작동하지?"

잠시 후 소리가 멈춰 성수는 잠깐 오작동이었겠거니 하고 다른 곳으로 넘어가서 점검을 시작했다. 곧이어 마네킹을 만들고 잠깐 놓아둔 창고에 다다랐다. 그러자 마네킹의 시선이 성수 자신을 향하는 듯한 느낌에 조금 소름이 돋았다. 은근히 서늘한 바람도 스치는 듯했다. 그래서 성수는 빨리 점검하고 돌아가기로 했다.

"어? 이 마네킹 아까 여기 있지 않았던가?"

뭔가 이상했다. 마네킹의 위치가 슬쩍슬쩍 바뀌고 있었다. 그러자 성수는 점점 두려워서 걸음을 더 재촉했다. 뒤에서는 마네킹끼리 부딪치는 소리며 관절이 움직이는지 삐걱거리기도 하고 앞은 어둠이 깔렸었다. 성수가 소름 돋게 스쳐 가는 목덜미의 이질감에 뒤를 돌아보았을 때… 성수는 비명을 지를 수밖에 없었다.

"으아악!"

마네킹이 전부 성수 쪽으로 얼굴을 기괴하게 돌리고 있고 귀신으로 보이는 형체가 성수 쪽으로 계속 달려오고 있었기 때문이었다. 성수는 걸음이 날 살려라 하는 마음으로 달렸다.

얼마나 달렸는지도 모르겠고 숨이 차서 가슴이 이러다 찢어지는 게 아닐까 할 정도로 아팠지만, 도저히 멈출 수가 없었다. 게다가 정신은 하나도 없었다. 들고 왔던 손전등은 어딘가에 두고 왔는지 없고 핸드폰 액정은 산산조각이 나 있었다.

"정말 뭐지…. 귀신이라도 있는 건가…?"

성수는 머리는 산발에, 식은땀 범벅에, 아무것도 없는 채였다. 정신을 차려보니 근처 성당이 눈에 들어왔다.

새벽 기도를 드리고 있던 신부님 한 분이 성당에 있었다. 성수는 마음에 안도감이 들어 큰 숨을 내쉬었다. 이제야 뭔가 머리가 돌아가는 느낌이 들었다. 아까는 도망쳐야 한다, 살고 싶다는 생각밖에 들지 않아서 아무것도 생각나지 않았다. 집에서 기다리고 있을 아내와 공장 문을 잠그고 오지 않아 정말도 좀도둑이 드는 게 아닐까 하는 걱정이 한꺼번에 밀려왔다.

"형제님, 식은땀을 흘리고 계시는데 일단 물 한잔 드시고 천천히 말씀 나누시겠습니까?"

"네, 감사합니다…. 신부님."

물을 한 모금 마시고 나니 아까보다 진정된 마음으로 말을 꺼낼 수 있었다. 그래서 신부님께 자초지종을 설명했다. 그러자 신부님은 교황의 허가를 받고 의식을 진행해보겠다고 말했다. 그동안 공장 가동을 중지하고 휴식을 취했다. 역시나 공장 직원들의 걱정에 잠 이루기란 쉽지 않았다.

"여러분, 죄송합니다. 사정상 잠시 동안 공장 문을 닫아야 할 것 같습니다. 일단 그동안은 재고로 쌓아둔 것 팔고… 일이 정리되면 다시 오시면 될 것 같습니다."

"사장님, 다시 공장 다닐 수 있는 건가요? 저 정말 공장 안 다니면 안 돼요…."

"맞습니다, 저도 다녀야 해요. 제가 일 하지 않으면 하루 먹고 살기가 힘들어요."

"빨리 해결하신다고 하시니 한 달만 휴가 간다 생각해주세요."

성수는 사정이 어려운 공장 직원들의 걱정을 뒤로하고 신부님의 연락만을 초조하게 기다렸다.

"교황청에서 허가를 해줬습니다! 형제님, 바로 가서 돕겠습니다."

"감사합니다, 감사합니다…!"

신부의 연락으로 퇴마 의식이 진행되는 걸로 생각했는데, 신부는 자초지종을 듣더니 안쓰러운 영혼들이 안식을 취할 수 있도록 돕겠다고 말했다. 덕분에 안쓰러운 영혼들은 금세 성불한 듯한 느낌이었다.

"사장님! 여기 지난번에 사라졌던 윤활유 있어요!"

한 직원의 발견 덕분에 그동안 사라졌던 물건들까지 되찾고 나니 성수는 이제 정말 모든 것이 끝났다는 홀가분한 느낌이 들었다. 사무실의 어수선한 물건들을 정리하고 나니 찾던 장부도 금세 찾았다. 그 장부를 보며 최근 내역들을 정리하는 데 참고했다. 덕분에 일도 수월하게 진행되었다.

"요즘 공장 잘돼?"

오랜만에 나간 동호회에서 공장을 제안했던 회원이 물었다. 나름 그럭저럭 굴리고 있다 하니 표정이 좋지 않아 보였다. 그 모습이 의아해 무슨 일 있느냐고 물었다. 그러자 사실대로 털어놓겠다며 무릎을 꿇는 것이 아닌가.

"공장 직원 10명이 사고 났었어…."

그가 하는 말을 들어보니 돈이 든다는 이유로 기계 점검을 미루고 미룬 모양이었다. 게다가 2인 1조가 원칙인데 1인이 2인 분량을 모두 소화할 정도로 빡빡한 작업 일정을 잡고 돌렸던 모양이었다. 성수는 그 말을 듣자마자 다시는 그를 보고 싶지 않았다. 자신을 믿고 따라주는 동료들이고 한솥밥을 먹는 가족인데 어떻게 소홀하게 할 수 있는지 이해할 수 없었다. 그래서 노발대발하면서 그 회원에게 화를 내고 돌아섰다.

돌아온 성수의 붉어진 얼굴을 보고 공장 직원들이 무슨 일이 있느냐고 물었다. 성수는 더는 이야기를 꺼내고 싶지 않아 웃으면서 커피를 마시러 가자고 모두를 모았다.

"사장님 최고!"

가장 나이가 어린 직원이 외치자 모두가 손뼉을 치며 소리쳤다. 성수는 이게 진짜 사장이라는 생각이 들어 너무 뿌듯했다. 밤에 점검을 하러 가서 겪었던 무서운 일들은 머릿속에서 이미 사라진 지 오래였다.

수상한 가죽책

희성은 공무원 공부를 붙잡고 매달린 지 3년이 되어가는 공시생이다. 계속 뒷바라지를 하시는 부모님에 대한 죄책감과 취업을 해서 직장에 대한 고충을 털어놓는 친구들과의 비교로 마음이 괴로웠다. 그래서 혼자서 공부해서는 안 되겠다는 생각에 동네 도서관 사서 일을 맡기로 했다.

"공부하니까 열람실 자리 하나 빼둘게. 대신 다른 사람들한테는 비밀이다?"

도서관장의 배려로 열람실 자리까지 얻은 덕분에 희성은 새로운 동기부여를 받은 듯 힘이 났다. 그렇게 사서 일을 차근차근 배우는데 그래도 생각보단 어렵지 않다는 생각이 들었다. 간혹 못 찾는 자료는 프로그램으로 검색해서 찾아주고, 기계 조작이 어려운 어르신들을 도와주고 나면 업무가 끝이 났다.

"학생, 고마워. 이거 먹으면서 해."

한 어르신이 주머니에서 아껴뒀던 홍삼 사탕을 건네자 희성은 눈시울이 붉어지며 눈물을 간신히 참았다. 어릴 땐 맛없다면서 절대 입에도 대지 않았던 사탕이었지만 오늘은 왜인지 먹으면 집중이 잘될 것 같은 기분이었다.

"뭐, 나쁘진 않네."

그렇게 열람실에 올라가 공부를 하고 있는데, 누군가 희성을 툭툭 쳤다. 희성은 귀마개를 빼고 주변을 돌아보았다. 한 사람이 식은땀을 흘리면서 허둥지둥 말하기 시작했다. 그 사람은 아까 마지막으로 책을 대출하고 갔던 사람이라 희성을 알아보고 불렀던 것 같았다.

"화장실에 귀신 있어요, 귀신."

그 사람은 소리를 내지르듯 말하고는 입을 틀어막았다. 희성은 급한 일인가 보다 싶어 화장실에 들어가 살폈다. 화장실은 그 무엇보다 평범했다. 아무런 일도 없고 그저 고요했다. 게다가 희성은 귀신의 존재를 잘 믿지 않는 성격이었기 때문에 밤이라 뭔가 착각한 것으로 생각하고 그 사람을 찾아갔다.

"아무것도 없으니 걱정 마시고 집에 얼른 들어가세요. 밤이라서 잘못 본 걸 거예요."

"아… 네…. 알겠습니다. 죄송합니다."

그 사람은 죄송하다며 고개를 숙이곤 도서관을 나섰다. 그날은 그렇게 아무런 일도 없었기에 희성은 대수롭지 않게 생각했고, 문을 잠그고 퇴근했다.

"희성 학생. 잠깐 와봐."

"넵."

다음 날 출근을 하니 도서관 관장이 희성을 조용히 불러냈다. 희성은 알려주었던 업무들을 상기하며 실수한 것이 있었는지 고민했지만 그런 것은 분명 없었다.

"어제 도서관 문이 열려있더라고. 학생이 퇴근하면서 잠그고 가는 거잖아, 맞지?"

관장은 어제 문이 잘 잠기지 않았다고 희성을 불러낸 것이었다. 그러나 희성은 분명 문을 잘 잠갔고 잠겼는지 한 번 더 확인까지 한 다음 퇴근했었다. 그래서 억울한 마음에 자신은 문을 잘 잠갔으니 CCTV를 돌려보자고 제안했다.

"나도 그러고 싶은데… 이상하게 그 시간대에 녹화가 안 됐어. 일단 학생 믿으니까 앞으로 다른 보안 방법 찾아볼게. 바쁜데 가서 일봐."

처음 일어난 일이다 보니 도서관 관장도 더는 추궁하지는 않고 희성을 돌려보냈다. 아무리 생각해도 이상했던 희성은 이번에는 더 꼼꼼히 확인해야겠다고 다짐했다.

"어, 형!"

"어~ 책 읽으러 왔어?"

"응. 이따 나랑 놀자. 책 읽으면 엄마가 놀아도 된대."

한 남자아이와 친해지면서 종종 같이 놀다 보니 그 남자아이 어머니와 금세 친해졌다. 그래서 학업에 관해 이야기도 하고, 종종 맛있는 걸 얻어먹기도 했다. 그런데 오늘따라 이상하게 남자아이의 어머니가 쭈뼛거리며 말을 하려다 말고, 하려다 말고 하는 모습을 보였다. 뭔가 말할 게 있는 건가 싶어 희성은 먼저 물어보기로 했다.

"어머님, 물어볼 거 있으시거나 말씀하실 거 있으시면 편하게 하세요."

"아, 그게…."

어머니가 말한 내용은 도서관에서 아이가 자꾸만 이상한 이야기를 한다는 것이었다. 가장 최근에 한 이야기는 엄마 뱃속에 있었던 일이라고 했는데, 어린아이가 말한 이야기치고는 너무 소름이 돋았다고 말했다. 그래서 어릴 때 이런 적이 있었느냐고 묻고 싶었다고 했다. 그래서 희성은 더 자세한 이야기를 듣기로 했다.

"애가 엄마 뱃속에 있었을 때 이야길 했어요. 그때 친구가 있었는데 자기가 밀어버렸다는 거예요. 사실 제가 쌍둥이 임신했다가 한 아이가 빛을 못 봤거든요…. 듣고 나니까 제 아이인데도 다른 사람인가 싶을 정도로…."

섣불리 말할 수 없는 주제라 희성도 잠시 머뭇거렸다. 그리고 많이 놀란 듯 더는 말을 잇지 못하는 민재 어머니를 물 한 잔을 내어주며 위로했다. 저번에도 그렇고 자꾸만 도서관에서 일이 일어나는 것이 이상했다. 그래서 도서관을 더 자세히 둘러보기로 했다. 업무 시간이니 서가 정리를 하면서 둘러보기로 하고는 1층부터 돌았다.

"뭐, 별거 없네…."

그렇게 마지막 서가를 도는데, 그 서가는 사람들의 손길이 더는 닿지 않는 오래된 책들이 정리되어 있는 곳이었다. 희성은 뭔가 홀린 듯이 책이 기대어져 어두운 공간이 만들어진 곳을 바라보았다. 그런데 눈 하나가 희성을 바라보고 있었다. 희성은 혼비백산해서 도서관 주차장까지 뛰쳐나왔다.

"뭐지…?"

희성은 사람들의 이목이 쏠리자 두 손으로 얼굴을 가리며 다시 도서관으로 들어갔다. 다시 그 서가를 확인해보니 눈은 없었다. 게다가 그 서가 뒤는 공간 없이 벽뿐이라 사람이 서 있기란 불가능했기에 더욱 소름이 끼쳤다.

"관장님께 말해야 하나…."

도서관 관장이 이해할 수 있을지보다는 이제 이 도서관을 그만두지 않고서는 안 되겠다는 생각이 들 정도였다. 그래서 희성은 그냥 무작정 관장 사무실에 들어갔다.

"아, 학생. 무슨 일 있어?"

"믿으실지는 모르겠지만 제가 너무 이상한 일을 겪어서요…."

관장은 차를 내어주며 황당하다 생각할 수 있는 희성의 이야기를 경청했다. 그 이상한 일들이 귀신의 소행인 것 같다고 말하자, 도서관장의 얼굴은 어두워졌다.

"실은… 여기가 아주 옛날에 공동묘지 자리기는 했어. 그래서 사람들 그때 걱정 많이 했는데, 그래도 한 1개월 정도는 그럭저럭 괜찮고 하니까 잠잠해졌었지. 근데 그 이후부터 가끔 귀신 봤다는 사람이 나오더라고…. 그래서 그 당시에 동네 무당 부른 적도 있는데, 무당도 못하겠다고 했대."

"왜요?"

"귀신이 자기 힘보다 너무 세대. 그리고 여기에 뭔가 귀신을 잡아두는 물건이 있어서 귀신들이 못 떠나는 것 같다고 그랬다더라고."

그 말을 들은 희성은 자신도 뭔가 해야 한다는 의무감이 들었다. 열람실 한쪽을 내어주고 매번 공부할 때 위로해준 덕분에 이렇게 공부를 하고 있지 않은가…. 희성은 그냥 은혜를 갚자는 마음으로 도서관을 뒤져 귀신을 묶어둔다는 그 물건을 찾기로 했다.

"이런 건 뭘로 검색해야 되나…."

일단 아무런 정보도 없으니 무작정 검색을 하기 시작했다.

귀신을 묶어두는 매개체는 여러 가지가 있었다. 어떤 영화에서처럼 장난감, 인형은 물론이고 커다란 생활 가구까지 모두 귀신이 들릴 수 있었다. 희성은 그래도 도서관이니 도서관에서 없어서는 안 될 물건이나, 오랫동안 사라지지 않아 귀신들이 매여 있을 만한 오래된 물건들부터 조사하기 시작했다.

"도서관 내에서 가장 오래된 물건이 어떤 거예요?"

"일단 이 책장이 개관 때부터 있었는데, 나머지는 다 너무 낡아서 버렸고 이것만 남았어. 그리고 보관 서고에 두세 권 되는 책들? 그 정도인 것 같네."

나이가 지긋한 사서는 이 도서관의 역사의 산증인이라고 말할 수 있을 만큼 이 도서관과 생사를 함께한 친구나 다름없었다. 덕분에 희성은 쉽게 단서를 얻고 책장과 보관 서고의 두세 권쯤 되는 책들을 꺼내어 보았다. 그리고 CCTV 같은 것으로 관찰해서 누가 봐도 수상한 현상이 일어나는지 관찰하기로 했다.

"어어? 저거 움직인다."

희성은 밤새 부릅뜨고 CCTV를 바라보고 있다가 잠이 깨서 벌떡 일어섰다. 화면에 한 책이 자기 멋대로 페이지가 넘어가다가 떨어지기도 하는 모습이 찍혔기 때문이었다. 그래서 희성은 그 책이 더는 움직이지 않을 때 그 책을 가지고 관장을 찾아갔다.

"관장님, 이 책이 좀 수상한데 가져가서 조사해봐도 되나요?"

"그 책? 오래됐는데도 가죽이 좋은 질을 유지하고 있어서 신기하긴 했는데…. 그럼 대출해서 빌려 가. 누가 그냥 가져갔다고 민원이라도 걸면 꼼짝없이 훔쳐간 사서 해고했다고 말해야 하는 게 내 신세니까."

"네. 감사합니다…."

도서관 관장은 허무맹랑한 이야기 때문에 고생이 많다며 그 책을 대출해서 조사해보라고 조언했다. 그냥 이 책을 가져갔다는 사실이 밝혀져 누군가 이의제기를 하면 분명히 희성을 해고하지 않고는 잡음이 끊이지 않을 수도 있었다. 그렇게 되면 희성의 채용을 승인한 관장에게 책임이 전가될 수도 있는데, 이 때문에 희성은 관장이 그렇게 말하지 않았더라도 관장이나 다른 사람에게 손해를 끼치며 조사할 생각은 없었다. 애초에 이런 말도 안 되는 귀신 이야기로 다른 사람들의 일을 방해한다고 하면 얼마나 어이가 없을까.

그 책을 들고 가 집에서 요리조리 살펴보니 다른 인조가죽과는 차이가 조금 났다. 친구의 도움으로 가죽 구두를 오랫동안 수선해

온 사장 한 분을 찾아가게 되었는데, 그 사람은 그 책을 이리저리 돌려보며 만져보고 쓸어보다가 말했다.

"이런 가죽은 69년 인생 처음 봐. 희귀한 동물 가죽이거나 질이 매우 좋은 거라 쉽게 구할 수 없었던 것이거나. 둘 중에 하나같은데?"

"근데 이게 오래전에 만들어진 책이에요. 그때도 엄청나게 질 좋은 걸 만들 수 있었을까요?"

"요즘처럼 화학 처리를 못 하는 때였다면 산채로 가죽을 벗기는 걸 했을 수도 있어. 근데 이 가죽이 무슨 가죽인지가 왜 중요한 거야?"

"오래된 가죽 양장본에 특이한 가죽이니까 뭔가 역사적인 새로운 발견을 할까 싶어서요…."

"하하하. 역사적 발견? 학생 참 재밌는 소리 하네. 그러면 연구소 쪽에 일하는 박사 한 명을 아는데, 그 친구한테 물어보는 게 더 낫겠네? 연구소면 분석할 수 있지 않겠어?"

학생의 귀여운 호기심이라고 생각한 것인지 연구소의 박사는 시종일관 어린아이를 대하듯 희성을 대했다. 덕분에 쉽게 연구소의 값비싼 장비들을 활용해서 이 책의 가죽을 종류를 알아볼 수 있었다.

그 결과는 아주 충격적이었다.

"이 가죽… 사람 가죽인 것 같네. 아마도 다섯 살 정도 먹은 어린애…."

"사람 가죽이요?"

희성은 그 책이 귀신들을 묶어두는 물건이라고 더욱 확신하고 아주 오래전 불렀다는 동네 무당을 찾아갔다. 그 당시의 무당은 이미 노환으로 사망했지만, 그 무당을 신어머니로 모시고 새 무당이 된 사람이 있었다. 그래서 그 책을 보여주니 얼굴을 확 찌푸렸다.

"으… 완전 최악의 물건이야. 어린애가 단단히 원한이 서렸는데 당연히 굿이 어려웠지. 어머니가 왜 그렇게 말씀을 하셨는지 이제 이해가 가네."

"이 물건을 없애면 어떻게 안 될까요?"

"없는 것보다야 좋지. 일단은 이걸 깔끔하게 태워서 성불시키면 좀 더 나을 것 같네. 어머니가 생전에 이 일 해결 못 하신 걸 아주 한으로 아셨어."

무당이 안내해준 대로 그 책을 태우기로 하고 도서관 관장 사무실에 들렀다. 자초지종을 들은 관장은 오래돼서 폐기하는 걸로 처리할 테니 해결을 부탁한다고 말했다.

덕분에 귀신들을 퇴치하는 작업은 수월했다. 그렇게 모든 귀신을 성불시켰다는 무당의 말이 떨어지자 도서관에서 느껴지던 무거우면서도 차가웠던 공기가 사라진 느낌이었다.

희성은 공부에 열중해서 그해 공무원에 당당히 합격했다. 부모님은 경사가 났다며 좋아하셨지만, 희성은 그 어린아이가 고마워서 도와준 것이라고 굳게 믿고 있었다. 그 이후로 도서관에는 아무 일도 없었다.

수영장

수진은 어릴 적부터 수영을 해왔다. 덕분에 선수 제의도 받아 봤고, 대회에 몇 번 나가본 적도 있었다. 수진이 수영을 하게 된 계기는 어릴 적 아버지와의 좋은 물놀이 경험에서부터였는데, 그 다음부터는 수진 스스로의 선택이었다. 그 이유는 다름 아닌 근처 자주 가던 수영장에 훤칠한 수영강사가 하나 있었기 때문이었다. 그 수영강사는 훤칠한 것은 물론이요, 성격까지 좋아서 남녀노소 모두가 좋아했다.

그 수영강사는 항상 새벽에만 수업을 진행했는데, 정신이 가장 집중이 되는 시간이라는 이유에서였다. 덕분에 새벽에 일찍 일어나야 했지만, 그래도 수진은 재미있고 좋았다. 그때 수진의 나이는 열다섯 살, 한창 이성에 대한 호기심이 많아질 나이인데다가 수진은 적극적이고 활발한 성격이었다.

"오늘 접영 연습 끝내면 아이스크림 사주세요!"

"맞아요! 맞아요!"

"선생님 월급을 너희가 다 터는구나, 털어. 그러면 접영 제일 잘하는 사람만 사줄게!"

"에이, 그런 게 어딨어요! 치사해."

아이들이 짓궂게 무리한 요구를 해와도 재치 있게 넘어가며 아이들과 좋은 사이를 유지한 덕분에 수영장 새벽 강습은 입소문을 타고 사람이 끊이지 않았다.

그러던 어느 날 새벽 강습이 아무런 통보도 없이 중단되었다. 아이들은 전부 다 실망하고 심지어 눈물까지 글썽이기도 했다. 수진은 새벽 수영을 그만두고 싶지 않아 따로 수영장을 이용하게 해달라고 요청했다.

"정규 강습 이외엔 개방이 어려우세요, 회원님."

역시나 어렵다는 대답만 돌아오는 고객센터에 뒤돌아 가려는데, 데스크 직원이 나지막이 불렀다. 누가 볼세라 조심스러운 손짓이었다.

"대신 누구한테도 빌려주시면 안 돼요. 그리고 꼭 9시 전에 돌아가셔야 해요!"

"네!"

워낙 자주 이용하던 곳이라 안내직원도 수진을 훤히 알던 참이라 가능했던 일이지, 다른 곳이라면 꿈도 못 꿨을 일이었다. 강사님이 그만두신 일로 우울해진 기분을 달래려고 더 힘차게 수영을 시작하기로 했다.

새벽에 나가본 빈 수영장에서는 메아리마저 울리고 있었다. 안내 직원의 배려로 물을 일찍 갈아둔 상태라 그런지 청소까지 되어 있는 수영장 구석구석 빛이 났다. 그래서 수진은 일부러 노래까지 크게 틀어놓고 신나게 준비체조를 했다. 그런데.

"…?"

뭔가 등에서 소름 끼치게 스치는 느낌이 들었다. 마치 길고 긴 머리카락처럼 털 뭉치 같은 느낌이었다.

혼자 있어서 그런지 더 무서워져서 수진은 일부러 소리를 지르며 기합을 넣었다. 그러니 좀 괜찮아지는 기분이 들어서 준비체조를 간신히 마무리했다.

"회원님, 자유형 해보실게요. 호흡 잡고!"

오랫동안 봐왔던 수영 강습을 따라 하며 놀기도 하고 물장구도 치며 놀다 보니 시간이 빠르게 지나 5시 정도가 되었다.

이제 슬슬 어떤 동작으로 마무리할까 하다가 잠수를 하기로 했다. 수진은 일곱 살 아이가 된 것처럼 신이 났다. 이제는 잠수의 최강자 아버지를 이길 수 있을 것만 같았다. 그렇게 크게 숨을 들이쉬고 수영장에 입수했다.

첨벙!

수영장 끝자락에서 머리가 긴 귀신이 그녀를 똑바로 바라보고 있었다. 놀란 그녀가 밖으로 뛰쳐나가려고 하자 어디선가 나타난 손이 그녀의 발목을 잡았다. 수진은 간간이 물 밖으로 머리가 나가면 살려달라고 소리쳤지만 음악 소리에 묻혀 아무도 도와주러 오지 않았다.

수진이 당황해서인지 호흡이 더 가빠져 숨이 턱 끝까지 차오르기 시작했고, 결국 의식을 잃기 직전이었다.

"…수진 회원님!"

다행히 수질검사를 하러 가장 먼저 수영장에 출근한 직원에 의해 구출되었다.

수진이 정신을 차리자 병원이었다. 다행히 몸이 큰 이상이 없어 조금 입원 후 퇴원하기로 했다. 딸 걱정에 그녀의 부모가 한달음에 달려와 잔소리를 하기 시작했다.

"너 어쩌려고 혼자 수영장에 들어간 거니! 위험할 뻔했잖아!"

"너 혼자 있으니까 더 조심했어야지. 직원분이 괜히 너한테 열쇠를 줬나 하고 한참을 우셨어."

수진은 부모님의 목소리에 가까스로 정신을 차리고 죄송하다는 말만 연거푸 하다 그 당시 상황을 말하기 시작했다.

"엄마… 나 수영장에서 귀신을 봤어. 그래서 도망치려고 물 밖으로 나가려고 했는데 무슨 손 같은 게 내 발목을 꽉 잡아서 너무 놀라서, 그래서…."

"알았어, 일단 건강부터 챙기자. 그다음에 알아봐도 충분해, 알았지?"

"알겠어…."

CCTV를 살펴보니 역시나 신나게 수영을 하다 갑자기 물 밖으로 나오지 않는 모습뿐이었다. 그래서 경찰은 이 사건이 단순 근육 경련 등에 의한 사고라 종결하고 조사를 마쳤다.

그러나 수진의 어머니와 아버지는 CCTV의 아주 짧은 찰나에 스치듯 지나간 무언가를 보았다. 그것은 분명히 사람이 아니었다.

"여기, 한 번만 돌려주세요."

CCTV 자료 열람을 허락해준 수영장 덕분에 의심이 가던 비디오를 몇 번 돌려볼 수 있었던 수진의 부모님은 기어코 수진이 보았다는 귀신의 정체를 보고야 말았다.

깜짝 놀란 수진의 어머니는 기절하고 말았고, 그런 그녀의 어머니를 갑자기 부축하게 되어 놀란 아버지였다.

"아니, 이런 게… 진짜 있단 말이야?"

수진의 아버지는 그 말을 끝으로 더 이상 말을 잇지 못했고, 수진은 수영 강사가 그만둔 것이 무언가 이와 관련이 있다고 확신했다.

그래서 퇴원을 하자마자 수영 강사 선생님이 그립다는 이유로 수소문했다. 얼마 지나지 않아 수영 강사 선생님이 수진을 만나주겠다는 답장이 왔다. 수진은 착잡하고도 반가운 오묘한 마음으로 강사를 보러 나갔다.

"그래… 수진아. 잘 지냈니?"

"네…. 제가 새벽에 수영하다가… 귀신을 봐서 죽을 뻔했어요…."

"뭐, 뭐라고?!"

수영강사는 새파랗게 질린 얼굴로 새된 소리를 내뱉었다. 수진은 그런 그를 보고 괜찮냐고 연거푸 물었다.

"수진아… 사실 내가 그만둔 이유도 귀신 때문이야…."

"무슨 일이 있으셨는데요?"

20대의 젊고 훤칠한 새벽 강습반 강사로 인기가 많았던 만큼 수영강사 민환 역시 수업에 대한 열정이 있었다. 그래서 수영 자세나 호흡법을 더 재미있고 쉽게 알려주고 싶어서 새벽에 연습을 하는 일도 있었다.

"사람 살려!"

평생 수영이라면 자신이 있었고, 물이라면 무서울 게 없었던 그에게 갑자기 사고가 찾아왔다. 그것도 사람이 아닌 존재 때문에.

평소처럼 리듬에 맞춰 체조하고 가볍게 몸을 풀 겸 입수를 했는데 거센 손아귀 같은 게 그의 발목을 잡고는 놔주지를 않았다. 그래서 수영이라면 자신 있던 민환도 그 손아귀에서 벗어나지 못하고 숨이 차서 익사할 지경에 이르렀다.

그때 우연히 CCTV를 보려고 출근한 직원 덕분에 빠르게 구출되어 심한 손상은 없었지만 몇 번 통원치료를 받으며 뇌 손상은 없는지 검사했다. 다행히 큰 지장은 없었지만, 전보다 확실히 두려움도 많아졌기 때문에 수영 실력도 움츠러들었다.

"역시 강사님 덕분에 수영해요~."

그래도 민환 자신을 믿고 와주는 회원들을 실망시킬 수 없다는 생각에 새벽 연습을 멈추지 않았다. 그리고 그런 일이 있던 후로는 별일이 없었기에 한순간의 해프닝으로 넘어갈 거라고 예상했다.

"여기 강사 전용 라커룸이라서요…. 회원님은 저쪽에 더 좋은 라커룸 쓰시면 되세요."

"…."

어느 날 출근했더니 말 없는 어느 남자가 자신의 라커룸 문에 등을 기대고 서 있는 것이 아닌가. 그래서 당황한 민환이 회원 전용 라커룸이 따로 있다고 말을 해도 듣지를 않았다. 아예 듣지도 못하는 것 같았고, 들을 생각도 없어 보였다. 결국, 그를 끌어내려 팔목을 잡으려고 손을 뻗었다.

"으악!"

그가 뻗은 손끝에는 남자가 닿지 않고 통과되어 남자 등 뒤에 있는 라커룸 문에 닿았다. 민환은 순간적으로 소름이 돋고 두려움이 밀려와 외투는 제대로 걸치지도 못하고 뛰쳐나와 버렸다.

그런 일이 있고 나서는 새벽 강습을 회원들의 안전을 위해서라도 그만둬야겠다고 생각했다.

"김 선생, 아무래도 마을 사람들이 무척 좋아하는데 조금만 더 해보지 그래?"

그러나 수영장을 운영하던 사장은 마을 사람들이 너무 좋아한다는 이유로 강좌 폐쇄를 들어주지 않았다. 그러던 어느 날 결국 사단이 일어났다.

라커룸에서 귀신을 목격하고 도망치던 회원이 우연히 수영장의 고여있던 물기 때문에 미끄러져 크게 다친 것이었다. 그 일로 인해 항의가 빗발치자 새벽반은 안전상의 이유로 폐강하게 된 것이었다.

그 모든 이야기를 들은 수진은 자신이 보았던 것이 거짓이거나 환각은 아니라는 생각에 다행이라는 생각이 먼저 들었다. 그리고 그 귀신들을 처리해 새벽 강습반을 다시 듣고 싶었다. 그래서 강사에게 어렵게 부탁했다.

"만약 귀신들이 없어져서 좀 더 안전하다면… 새벽 수영반 다시 한번 더 하면 안 될까요, 선생님?"

"네가 열혈 제자였다는 건 알지만…. 나는 아직 좀 무서워. 사람들이 다칠까 봐."

"제가 퇴치하는 사람을 찾아볼게요. 아니면 오전이라도 맡아주세요, 네?"

"무슨 소리야? 그땐 학교 가야지!"

"에잇, 들켰다."

진지하게 말하던 수진이 긴장이 풀렸는지 장난기 서린 질문을 던지기 시작했다. 그런 수진의 질문에 척척 대답하는 민환의 모습은 수진이 기억하던 옛날의 민환으로 돌아온 것 같아 수진은 즐거워졌다. 수진은 당장에 무당이고 신부고 모두를 불러올 생각이었다.

"직접 가서 굿을 해야 할 정도입니까?"

"네… 본 귀신만 5명이에요."

"아, 새벽에만 나온다고요?"

"네네, 제발 부탁합니다…."

수진은 용돈을 차곡차곡 모아뒀던 것으로 무당에게 복채를 주며 부탁하고, 신부님께 성수를 잔뜩 받아왔다. 그래서 귀신이 물러나지 않고는 못 배길 환경을 만들려 혈안이 되어있었다.

"그래도 귀신들이 어마어마한 원한은 아니네. 누굴 죽도록 미워하는 거면 골치 아팠을 뻔했어. 그 귀신도 좋은 데 못 가고, 우리도 그냥 힘들고."

대대적인 굿판이 벌어졌다. 형형색색의 비단이 걸어지고 돼지머리를 제사상에 올렸다. 무당은 평소보다 더 짙은 화장을 하고 작두를 타기도 하며 방울을 울려대며 굿을 했다. 방울 소리에 익숙하지 않은 사람들은 모두 귀를 막고 실눈을 뜨고 굿판을 지켜보았다.

요즘에 흔히 볼 수 없는 광경인 데다가 지자체가 지원하는 시설물에 토속종교행사를 하는 것은 꽤 오래전 관습이었기 때문이었다. 그래서 신기해서인지, 옛날 생각이 나서인지 모두들 잠자코 지켜보고 있었다. 한바탕 굿을 끝낸 무당이 수진에게 가서 말했다.

"이제 끝났어…."

수진과 수영 강사는 하이파이브 하며 다시 스승 제자가 되어보기로 했다. 그리고 더욱더 안전에 힘을 써서 불미스러운 사고가 생기지 않도록 말이다.

얼굴 없는 여자

올해로 23세가 되는 대학생 민주는 교양 과목 가산점 때문에 골머리를 앓고 있었다. 교수님께서 꾸준히 봉사활동을 하면 공모전 참가 시에 가산점을 주겠다고 말했던 것이다. 민주는 가뜩이나 졸업, 취업 준비를 하겠다고 듣는 학원 수업만 여러 개라 몸이 열 개라도 모자랄 지경이었다. 이번 공모전 참여를 꼭 해야 자기소개서에 큰 어필이 되겠다 싶었던 민주는 공기관에 여러 군데 전화를 돌렸다. 그러나 벌써 웬만한 공기관은 거의 다 차있었다. 그래서 아는 인맥을 총동원해 빈자리를 하나 찾아냈다. 바로 어느 요양원이었는데, 그곳은 공기관이라는 이름이 무색하게 허름하고 있는 어르신도 몇 없었다.

민주는 어찌 보면 많은 일거리를 시키지 않을 테니 잘된 일이라고 생각하며 긍정적으로 생각하려 애썼다. 막상 가보니 요양보호사와 사회복지사 모두가 친절했고, 민주를 좀 더 쉽게 하려고 안달이었다.

"우리 딸 같아서 그래… 우리 딸도 대학생이야. 어디서 이렇게 하고 있을 생각 하면 다른 학생도 안 시키는 게 맞지."

민주는 그 말씀에 감동을 받아 더 열심히 봉사활동을 했다. 할머니께 배웠던 트로트도 부르고 가사에 맞는 율동도 하며 많은 박수를 받았다. 그런데 그 신나는 상황에서 웃지 않는 한 어르신을 발견했다. 민주는 그 어르신이 신경 쓰여 요양보호사께 말씀을 드리자 요양보호사는 아직 치매 초기라 요양원에 온 이유를 납득할 수가 없는 상황이라 그렇다고 말씀하셨다. 그러자 민주는 그 어르신께는 도와드리기보다는 배우려는 자세를 가지기로 결심했다. 그렇게 어르신을 대하자 어르신은 금세 민주에게 마음을 여셨다. 어르신은 80세가 넘으신 할아버지셨는데 깔끔히 정돈된 수염이 아주 멋있었다. 매일매일 바꿔쓰는 중절모는 그 할아버지의 멋스

럽지만 옛스런 패션 감각을 보여줬다.

"나 예전에는 선생이었어. 소싯적에 선생질 좀 했다."

"무슨 과목 하셨어요?"

"과학. 내가 갔던 학교에는 과학 선생이 몇 없었어."

할아버지께서는 자신이 예전에 교사였던 사실을 매우 자랑스러워했고, 민주는 하루에도 여러 번 교사였던 시절 이야기를 들었다. 지금 하고 완전 딴판인 학교 분위기에 놀라면서도 그 시절 얼마나 멋진 모습이셨을지 상상하니 할아버지가 새삼 대단하고 놀랍기도 했다. 그런 민주를 기특하게 여겼던 할아버지는 몰래 간식을 숨겨뒀다가 민주를 챙겨주기도 하며 친해졌다.

민주가 6개월쯤 봉사를 다니자 어느덧 여름이 찾아왔다. 그동안 할아버지의 병세가 악화되어 민주를 알아볼 때도 있고 못 알아보실 때도 있었다. 그러나 할아버지께서 항상 이야기하시던 과학 선생님 이야기만 꺼내면 민주를 곧바로 기억해내고는 하셨다. 민주는 그게 신기해서 할아버지께서 말씀해주신 과학 선생님 이야기를 항상 기억하고 있었다. 그래서 할아버지께서는 다른 사람은 몰라도 민주를 잊어버리는 일은 한동안 없었다.

그러던 어느 날, 할아버지께서 새로운 이야기를 해주시기로 했다. 민주는 이번엔 어떤 재밌는 이야기일까 기대를 하며 요양원에 왔는데, 할아버지께서는 여름이니 무서운 이야기를 해주시겠다고 하셨다. 민주는 무서운 이야기로 겁을 먹을 정도로 겁이 많은 편은 아니었지만 왜인지 할아버지가 말씀하시면 무엇이든지 진짜 같아서 그 이야기를 들을지 말지 고민했다. 한참을 고민하다 결국 듣기로 한 민주는 할아버지의 침상에 앉아 여분의 베개를 꼭 끌어안고 듣기 시작했다….

* * *

"오늘 새로 발령받으신 과학 윤상욱 선생이십니다."
"과학 선생님이세요? 어머….."
과학이 이 세상에 가장 멋진 과목이라고 믿고 있었던 패기 넘치던 신입교사 상욱은 과학을 맡았다는 말에 의미심장한 표정을 보이는 다른 과목 선생님들에게 내심 서운했다. 한참을 고민하던 상욱은 신입교사 환영회 겸 회식을 하던 자리에서 과학에 무슨 문제라도 있느냐고 물었다.

"우리 학교가 과학실 장비가 좋아서 매일 마지막으로 과학실을 점검하고 학교 문을 닫아요. 그러니까 과학 선생이 당직을 서게 하는 경우가 많거든요. 그러다 보니 별일을 다 겪나봐요. 과학 선생이 1년을 버티는 걸 못 봤어…."

상욱은 어제 다른 동료교사의 말을 떠올리며 그래도 나는 1년 이상 버텨보겠다는 패기로 과학실에 들어갔다.

과학실은 예상외로 평범했다. 대신 비싸다는 현미경도 많았고 별도 관측할 수 있는 망원경도 몇 대 있었다. 학교에서 애지중지 관리해서인지 상태는 꽤 좋아 보였다. 아이들이 지어내는 괴담의 주요 소재인 개구리 해부표본과 해골모형도 있었다. 그러나 낮에 보니 별거 아닌 것처럼 느껴졌다. 상욱은 당직에서도 낮에 봤던 장면을 떠올리기로 하면서 수업을 시작했다.

"아이고, 국준아! 너는 숙제도 안 해오고! 교과서도 없고! 내가 속이 터진다, 터져!"

과학 선생님의 진심이 웃겼는지 아이들은 단체로 빵 터졌다. 오합지졸이던 아이들은 금세 흥미진진한 과학실험에 빠져들며 협동하기 시작했다. 그렇게 과학실험이 끝이 나고도 시간이 조금 남았다. 그 시간 동안 아이들은 여름이니 무서운 이야기를 하자고 졸랐다. 학창 시절 재미있게 괴담을 들려주던 선생님의 모습이 떠올라 상욱은 그러자고 했다. 상욱의 무시무시한 공포 이야기가 끝나자, 아이들의 열렬한 지지 속에 한 학생이 교탁으로 나왔다.

"제가 오늘 이야기할 건, 얼굴 없는 여자입니다."

겁이 많던 몇몇 여자아이들은 시작 전부터 눈을 가리기도 했고 남자아이들 몇몇은 무섭지 않은 척하려고 일부러 허리를 세우면서 노력했다.

그 아이의 이야기는 한 사람이 학교 화장실에서 얼굴 없는 귀신을 봤다는 이야기였다. 그 얼굴 없는 귀신의 이름을 맞추면 귀신마다 다른 무시무시한 일이 일어난다는 이야기였다. 한 사람은 귀신의 이름을 맞췄다가 미쳐버렸다고도 했다. 그렇게 아이들의 비명을 들으면서 수업을 마무리했다.

상욱은 당직을 설 준비를 했다. 손전등과 갖가지 장부들을 챙겨 당직실로 갔다. 당직실에서는 잠시 잠을 청할 수도 있었다. 그렇지만 상욱은 할 일을 모두 하고 잠을 청하는 것으로 한 시간쯤 시간을 보내기로 했다.

"아이고, 고생하네. 윤 선생."

"아닙니다, 어쩐 일이십니까? 선생님."

"당직 서러 왔지. 원래 2인 1조가 원칙이야."

"괜히 저 때문에 고생하시네요…."

"고생은 무슨, 새로 왔는데 벌써부터 당직을 시킬 거면 선배라도 한 명 있어야지."

두 사람은 당직실에 앉아 이것저것 이야기를 나누다가 학교의 비밀에 대해서 말을 하기 시작했다. 학교에서 일어난 불의의 사고도 수많은 이야깃거리 중 하나였다.

"20년 전일 거야. 이 학교에서 정말 끔찍한 살인사건이 일어났어. 그 피해자가 젊은 대학생이었는데, 그놈은 인간으로 갱생하기도 그른 게 나중에 그 학생을 찾아도 못 알아보게 하려고 얼굴을 흉기로 난도질을 한 거야. 그것 때문에 학생 부모는 충격받아 쓰러지고 마을 사람들도 한동안 아이들 밖에 못 돌아다니게 했었어. 그 이후로 학교에서 애들이 얼굴 없는 여자 귀신을 본 게 한두 번이 아니야. 그 귀신은 학생이 너무 억울해서 좋은 곳으로 못 가는 거라고 소문이 돌았었지. 근데 어느 순간부터는 밤에만 나오더라구…. 그러니까 소문이 점점 사그라지기 시작했어. 그걸 요즘에 당직 서는 과학 선생들이 본 모양이야."

"그 범인 이름이 어떻게 돼요?"

"몰라. 신분도 불확실하다잖아. 그래서 사건 이름을 학생 이름으로 부른대. 이름이 아마 은정이었나?"

"…."

"그리고 그거 알지? 그 귀신보고 이름 부르면 엄청나게 무서운 일 생기는 거."

갑자기 무서운 이야기를 들으니 상욱은 소름이 돋으면서 오금이 저렸다. 그래서 선배 교사가 쉬는 동안 화장실에 다녀오기로 했다. 화장실 가는 길은 빛 한 점 없이 어두컴컴했다. 그래서 내심 긴장을 하고 있던 상욱은 급기야 모든 화장실 칸을 열어보기로 했다. 귀신이 없다는 것을 확인하고 싶었던 것이었다.

화장실에 도착한 상욱이 네 번째 칸을 열던 순간이었다. 얼굴이 없는 한 여자가 쪼그려 앉은 채로 상욱을 빤히 바라보았다. 눈은 보이지 않았지만 그를 빤히 보고 있는 시선을 느낄 수 있었다. 상욱은 귀신을 만나면 어떻게 하겠다는 상상은 많이 했었지만 정작 진짜 귀신을 보고는 소리조차 지를 수 없었다. 움직이지 않는 발걸음을 떼어 뒤로 물러서자 귀신은 천천히 일어서서 상욱을 향해 다가오기 시작했다. 상욱은 너무 당황해서 학생들을 타이르던 말투로 말했다.

"으… 은정아! 선생님이야! 이제 집에 가자, 응?"

그러자 얼굴 없는 그 여자는 다가오는 것을 멈추었다. 그리고 그렇게 사라지는 줄 알았다. 그러나 그 여자는 상욱의 꿈에서도, 현실에서도 어디서든 따라왔다. 얼굴이 없는 귀신의 모습이 아니라 살해당했던 그때의 끔찍한 모습으로…. 예고 없이 나타나는 얼굴 없는 여자 때문에 상욱은 환각과 환청에까지 시달렸다.

그렇게 몇 년간 적응되지 않는 삶을 살았던 상욱은 어느 날 꿈을 꾸었다. 돌아가신 할머니께서 나오는 꿈이었는데, 꿈속에서 그리운 할머니를 만난 상욱은 즐거워하고 있었다. 그러나 할머니는 진지하고 안쓰럽다는 얼굴로 내내 상욱을 바라보았다. 그리고 딱 한 마디를 했다.

"그 여자가 네 곁에서 떠나갈 기회를 만들어주마."

상욱은 할머니의 꿈이 너무나 생생했고 많은 이야기는 아니었지만, 그 여자가 누구인지, 그 기회가 무엇일지 상상을 했고 그 상상은 찝찝하다는 생각이 들 정도로 맞다는 확신이 들었다. 그래서 상욱은 그때부터 사람이 곁에 와서 이름을 부르는 것을 가장 싫어했다.

시간이 흘러 결혼을 하게 되면서 그 여자로부터 가족을 지키기 위해 안간힘을 썼다. 최대한 자신의 근처에 있는 귀신과 가족이 마주치지 못하게 했던 것이었다. 혹시라도 그녀를 바라보고 이름을 부르면 어떤 일이 일어날지 모르니까….

그렇게 마음을 졸이며 살아온 몇십 년의 세월이 흘러 현재가 되었다.

* * *

민주는 이야기를 다 듣자 궁금해졌다. 아직도 할아버지의 곁에 그 얼굴 없는 여자가 있는지 궁금했던 것이었다.

"할아버지, 그 은정이라는 여자 아직도 할아버지 곁에 있어요?"

"그 이름을 말하면 안 돼!"

할아버지는 갑자기 민주에게 고래고래 소리를 지르며 흥분하셨다. 놀란 요양보호사, 사회복지사 몇몇이 달려와 민주 좋아하시면서 왜 그러시냐고 말했다.

민주는 일단 할 일도 다 했고, 할아버지의 상태가 좋지 않으시니 오늘은 일찍 가보라는 말에 집으로 가기로 했다.

민주가 지하철을 타던 순간이었다. 얼굴이 처참한 난도질을 당한 한 여자가 민주의 앞에 서 있었다. 민주는 소리를 질렀다….

오지 캠핑

　3년 전쯤 사내 캠핑 동호회에서 만나 친구가 된 영수, 영호, 영후. 그들은 동호회 안에서도 이름이 비슷하다는 이유로 '영가네'라 불리며 동호회의 즐거운 분위기를 주도했다. 수년 전만 해도 사회초년생이라 뭐가 뭔지도 잘 모르는 채로 헤맬 때 서로가 서로에게 큰 도움이 되어주는 동료였다. 그래서 그들은 어릴 때 사귀었던 친구처럼 서로가 편하고 좋아 동호회 말고도 사적인 만남도 자주 가졌다. 그 모습을 본 다른 동료들은 회사에서, 동호회에서 보는 걸로 충분하지 않냐며 신기해했다. 그들의 공통점은 오지에서 캠핑하는 것이 로망이라는 점이었다. 영수는 텔레비전 프로그램으로, 영호는 오지의 모습을 담는 사진촬영을 하면서, 영후는 캠핑 자체를 즐기면서 생긴 것이었다. 덕분에 동호회에서 위험하거나 힘들다는 이유로 잘 가지 않는 오지에서도 서로에게 의지해 캠핑할 수 있었다.

물론 오지에서 캠핑하기란 쉬운 일은 아니었다. 그들도 처음에는 하늘에 구멍이라도 난 것처럼 내리는 비에 텐트가 버티지 못하고 무너져 내리자 바로 철수하기도 했고, 너무 추운 겨울날 오지로 캠핑을 가 동상을 간신히 면하고 돌아오기도 했다.

"여기 산 멋있다. 이번엔 여기로 가는 게 어때?"

"이 정도는 동네 뒷산이지. 가볍게 가자."

"날씨 봐, 날씨."

이제는 고수가 될 대로 된 3인은 서로 돈을 모아 고가의 캠핑용품을 구매하기도 했고, 웬만한 오지나 극한의 상황에서 당황하지 않는 경력자가 되었다.

하루는 영수의 제안으로 알게 된 오지를 가기로 했다. 출입금지 지역으로 지정된 곳이라 늦은 밤에 몰래 들어가기로 약속한 그들은 자정쯤에 모이기로 하고 헤어졌다. 지난 캠핑과 마찬가지로 영수는 음식, 영호는 텐트와 침낭 등을 챙기고, 영후는 차를 렌트하여 극한의 상황에 대비해 다른 자잘한 것들을 챙겼다. 약속한 자정이 되자 모인 3인은 서로의 물품을 체크하고 차에 타서 신나게 도로를 달렸다.

"엄청나게 어둡긴 하네."

"오지니까 그렇지 뭐. 요즘 시대에 전기 안 들어오는 곳도 귀하다, 귀해."

역시나 오지답게 전기가 들어오지 않아 한 줌의 빛도 허락되지 않는 곳이었다. 오지 근방의 마을의 여관 같은 곳에서 잠시 신세를 질 생각으로 마을에 차를 댄 영후는 마을 주민의 도움으로 여관을 하나 찾았다. 마을의 여관은 생각보다 좋은 환경이라 그들은 마음 편히 쉬고 캠핑 장소로 이동하기로 했다. 여관 주인은 캠핑 용품을 보더니 그들에게 말했다.

"혹시 저기 산으로 캠핑 가시려고 오셨어요?"

"어, 무슨 일 있나요?"

"출입금지 지역이라 아시겠지만, 마을 사람들도 잘 안 가요. 산책하러도 안 간다구요. 그러니까 웬만하면 다른 곳에 가서 캠핑

해요."

영호는 다른 오지와 다르게 아무리 오지라고 해도 그 근방 여관 주인이 극구 말리는 것이 의아하기는 했지만, 그냥 출입금지 지역이라는 이유로 곤란한 일이 생길까 봐 이야기한 것이라고 가볍게 생각했다. 나머지 두 명도 같은 생각이었기에 알았다고 대답만 하고 캠핑 장소에 도착했다.

셋은 능숙하게 텐트를 설치하고 늦은 점심을 준비했다. 영수가 맛을 한번 보겠다며 챙겨온 전투식량 때문에 모두가 한바탕 웃음을 터뜨렸다.

"군대에 있었을 때 먹었던 건 더 맛있었던 것 같은데."

"이게 더 맛있는데."

"하여간 너도 엉뚱하다. 이걸 먹으려고 가지고 왔냐? 큭큭."

"영상으로 보니까 맛있어 보이길래 가져왔지."

웃음보가 터지고 나니 무슨 이야기를 해도 웃기고 즐거워서 오지에 캠핑을 왔다는 생각보단 그냥 수학여행이라도 온 듯한 기분이었다. 그 분위기에 취해서 셋은 알콜 음료를 몇 잔 홀짝였다. 오지에 산이라서 그런지 해가 빨리 져버려서 저녁 6시쯤 주변이 모두 캄캄해졌다. 그래서 그들은 무서운 이야기를 하자며 캠프파이

어를 피우고 주위에 둘러앉았다. 그중에서 가장 겁이 많은 영후는 영수가 무서운 이야기를 하면서 놀라게 할 때마다 영호를 앞으로 밀고 뒤로 숨으면서 소리를 질렀다.

"야, 너 나이가 몇인데 아직도 귀신 이야기로 그렇게 놀라고 그러냐?"

"너 저번에 동호회 어린이날 기념으로 행사차 놀이공원 갔을 때 제일 먼저 귀신의 집 포기했잖아!"

영후와 영수가 말싸움하는 동안 시간은 훌쩍 지나서 취기도 오르고 낮 내내 힘들게 캠핑 준비를 해서인지 잠이 쏟아진 영호는 먼저 잠이 들었다. 그 뒤에 뒤척이던 소리가 들렸던 것으로 기억하는 영호는 나머지 친구들이 모두 잠이 들었다고 생각했다.

그날 새벽 이상한 꿈을 꿔 화들짝 놀라 깬 영호는 비 오듯 쏟아진 식은땀을 보고 그 모든 것이 꿈이라는 사실에 안도의 한숨을 내쉬고 있었다. 그러고 나니 꿈 내용이 무엇이었는지 안개가 낀 것처럼 희미해져 버렸다. 그래서 영호는 더는 생각이 나지 않을 테니 다행이라고 생각하며 주변을 둘러봤다. 아직 새벽인 것 같은데 몇시인지, 날씨가 엉망이지는 않은지 가장 먼저 일어난 사람이 체크하는 것이 도움되기 때문이었다.

"이영후! 어디 있어?"

핸드폰으로 시간을 확인하고 텐트를 열어 날씨를 확인하려는데 분명 세 켤레여야 하는 신발이 두 켤레뿐이었다. 놀란 영호는 다급히 영수를 깨워 물어보자 화장실 갔을 거라며 더 자자고 말했다. 꿈자리가 뒤숭숭했던 탓에 신경이 쓰였던 영호는 텐트 주변을 돌며 영후의 이름을 불렀다. 아슬아슬하게 절벽에서 사진을 찍으면 좋겠다고 말했던 곳에 가자 영호는 기함을 쳤다. 영후가 절벽에서 아슬아슬하게 서 있었기 때문이었다.

"이영후, 거기 위험해. 이쪽으로 와…!"

다가가면 영후가 떨어질까, 빨리 오라고 하면 영후가 떨어질까 노심초사하며 영후의 곁에서 안절부절못하던 영호는 재빨리 영수를 불렀고, 둘은 힘을 합해 영후를 절벽에서 멀어지도록 유도했다. 영후의 겁을 아는 둘은 영후가 절벽에 놀러 오지 않았으리라는 직감을 하고는 무슨 일이 있었느냐고 물었지만 영후는 초점 없는 눈으로 힘없이 걸었다. 일단 정신 좀 차리고 말하자면서 그들은 다시 텐트로 돌아가 차가워진 몸을 녹이도록 캠프파이어를 다시 피우고, 따뜻한 물을 준비했다. 한 10여 분쯤 지났을까, 영후가 입을 열었다.

"야, 정신이 들어? 도대체 절벽에는 왜 갔던 거야? 큰일 날 뻔했잖아!"

"무슨 소리야, 나 자고 있었는데…. 어? 내가 왜 이러고 있지?"

둘은 처음엔 장난이라고 생각했지만 진짜로 당황해서 물을 든 컵을 들고 이러지도 저러지도 못하는 영후를 보면서 뭔가 이상하다는 것을 눈치챘다. 영수는 지금까지 한 캠핑 중에서 한 명이 정신을 잃은 상태에서 위험한 행동을 하고는 기억을 하지 못하는 상황은 없었기 때문에 영후의 건강에 이상이 생긴 게 분명하다고 생각했다. 그래서 캠핑을 중단하고 병원부터 가자고 말했다. 영호도 그러는 것이 좋겠다며 영후를 설득했다. 처음에는 절대 아니라며 펄쩍 뛰던 영후도 그 상황을 듣고 나서는 순순히 병원에 가겠다고 했다.

"뇌나 신경계 이상은 없고…. 그런데도 그런 증상이라면 정신계통의 질환일 수도 있다는 것으로 보입니다."

"정신과 진료를 말씀하시는 건가요?"

"아, 네…. 아직은 인식이 그리 좋지 않아 걱정이 많으시겠지만, 건강이 나쁘면 병원에 오듯이 똑같은 병원이니 걱정은 하지 않으셔도 됩니다."

정신과 진료 이력이 있다고 하면 어떤 문제가 생길까 봐 셋은 고민에 빠졌지만, 어쨌든 오지 캠핑을 같이 하기 위해서는 건강 회복이 먼저라고 생각했다. 그래서 큰맘을 먹고 정신과 진료에 동행했다.

의사의 소견으로는 몽유병이나 흔히 다중인격이라 말하는 질환을 언급하며 검사를 시행했고, 아무런 문제가 없다는 진단을 받았다. 셋은 다행이라는 생각은 했지만 찜찜하고 기분이 좋지 않았다. 건강에 아무런 문제가 없는데 기억도 나지 않는 위험한 행동을 서슴지 않는 게 일반적이지 않다는 생각이 들었기 때문이었다. 그래서 마지막으로 그 마을에 다시 한번 방문하기로 했다. 그곳에서 무엇인가 단서를 얻을 수 있을까 해서였다.

다시 그 마을에 들러보니 마을 여관 주인이 그들을 먼저 알아보았다.

"다시 오셨네요? 뭐 놓고 가셨나요?"

"그런 건 아니고…. 뭐 좀 여쭤볼까 해서요."

여관 주인은 흔쾌히 무엇이든 물어보라 말했다. 그러자 조심스럽게 캠핑을 하면서 겪었던 일을 털어놓았다. 그러자 여관 주인의 얼굴이 점점 굳어지며 진지한 목소리로 이것저것을 물었다.

"원래 그 절벽, 유명했었어요…. 그러니 관광객도 많이 왔었고요. 그래서 이 작은 마을에 여관이 이렇게 좋았지."

"아… 어쩐지."

여관 주인의 말로는 이 오지의 우뚝 솟아있는 산 절벽이 그렇게 유명했다고 한다. 그런데 그 절벽에서 동호회 겸 방문한 사람 중 하나가 발을 헛디뎌서 추락해 사망했다는 비극이 일어났다고 했다. 그 뒤로 그 절벽에 찾아온 사람들이 그 절벽에 홀린 듯이 걸어가면 운이 좋아야 골절로 끝난다는 소문이 퍼질 정도로 많이 다치자, 지자체에서 출입금지 지역으로 지정했다고 했다. 그 뒤로 담력을 시험한다는 이유로 찾아온 사람들은 많았다. 운이 좋으면 나쁜 꿈으로 끝났지만, 운이 나쁘면 다치거나 심지어 사망사고가 일어나기도 했다. 그래서 매번 경찰이 마을 사람들에게 신신당부했다고 말했다. 절대 다른 지역 사람이나 외국인이 그 절벽에 가지 않도록 해달라고.

"그랬는데 저희가 갔었던 거군요…."

"그럼 저희는 이제 괜찮은 건가요?"

"그나마 3명이 가서 괜찮은 건지도 모르겠네요. 동호회처럼 많은 사람이 오지 않는 이상 그동안 왔던 사람들은 많아야 두 명씩 왔었거든요. 그래서인지 홀린 듯이 저승길로 걸어가는 사람들 말리지도 못했죠. 그래서 솔직히 이제 괜찮다 어쩐다는 장담은 못하겠어요."

"아, 네…."

그렇게 단서를 얻은 그들은 이제 액땜을 하겠다는 마음으로 점집을 방문하기로 했다. 마침 사주팔자가 궁금했던 영수도, 이참에 액땜하려는 영후도, 내심 고민이 있던 영호도 찬성했다.

처음 방문한 점집은 이질적이었다. 향 냄새와 부적으로 쓰이는 종이의 향이 섞여서 나고 은은하게 깔린 듯한 안개가 신비스러움을 더했다. 원색의 비단과 종이들은 눈이 피로할 정도로 강렬해서 그들은 점집을 오랫동안 잊을 수 없을 것 같았다.

"아이고, 쯧쯧. 불쌍한 영혼인 건 알겠는데, 왜 자꾸 산 사람을 괴롭히나."

영후를 보며 무당이 한 말에 세 사람은 모두 얼어붙었다. 지금 상황에 너무 들어맞는 말인 것 같아 소름이 돋았다. 무당은 그들이 왈가왈부하지 않는 사정에 대해 속속히 알고 있었다. 출입 금지 구역에 가서 묵었다가 추락 사고가 날 뻔했다는 일까지도. 그래서 무당은 불쌍한 영혼이 붙어 괴롭히는 것이라 잘 타일러서 보내겠다고 말했다. 세 사람은 알겠노라 말하며 의식을 부탁했다.

"야, 뭐해? 이제 가자!"

무서운 일이라도 일어났을까 싶어 두 눈을 꼭 감고 있던 영후는 그제야 실눈을 뜨고 자리에서 일어났다. 영후는 가벼워진 몸을 느끼며 다시 캠핑 준비를 할 수 있겠다는 생각에 들떴다. 물론 친구들의 걱정을 한 몸에 받으면서.

장례식장

20대 후반을 맞이한 성진은 갖은 노력 끝에 한 회사에 입사했다. 내로라하는 대기업은 아니지만, 그동안 수많은 면접을 보고 스펙을 쌓아왔던 시간이 빛을 발하고 있다는 생각이 들어 뿌듯했다. 조금 더 노력해서 이 회사에서 경력을 쌓아 더 좋은 회사로 가기로 했다. 집에서는 부모님의 칭찬 주변 어른들로부터 축하를 받으며 입사하게 되었다.

"오늘부터 우리 회사 다닐 성진 씨. 신입이니 잘 챙겨줘."

"네."

부서 모든 사람과 인사를 나눈 뒤 자리에 앉은 성진은 업무 인수인계를 받았다. 아직 신입이기 때문인지 업무가 비교적 쉬웠다. 그렇게 업무를 마치고 퇴근할 준비를 하는데, 과장이 말했다.

"오늘 부장님 못 나오신 거 장례 치르느라 그런 거 다들 아시죠? 부서 의리로 얼굴은 비쳐야 하지 않겠습니까?"

"맞네요. 그럼 잠깐 시간을 좀 주시죠. 신입사원들 첫 출근날인데 소식 못 들었을 거예요."

"그럼 퇴근하고 1시간 후에 뵙죠."

입사 첫 날 상사의 조문을 해야 할 상황이 되니 이게 바로 어른의 사회생활이라는 걸까 하는 생각과 함께 몇 가지 사실을 떠올렸다. 갑작스러운 부고 소식이었지만 복장은 최대한 차분하게 검정색 의상으로, 조의금을 뽑아 준비했다. 그렇게 준비를 하고 있는데 대리의 전화가 걸려왔다.

"성진 씨, 장례식장 어딘지 모를 것 같아서 같이 가려고 왔어. 준비하고 천천히 내려와."

성진은 인수인계를 받으면서 대리의 도움을 많이 받아서 가장 많이 대화를 나눴었다. 그때 대리에게 어디에 산다고 말을 했었는데 그걸 기억하고 성진을 데리러 온 듯했다. 성진은 연신 감사하다 말하며 겉옷만 챙겨서 집 앞으로 내려갔다. 대리의 검정색 차가 보이자 후다닥 달려간 성진은 꾸벅 인사를 하고 차에 탔다.

"입사 첫날인데 갑작스러웠겠어. 아직 내 부서 같지도 않을 텐데 같이 간다고 해줘서 고마워. 부장님도 아주 고마워하실 거야."

"아니에요. 이런 일에 함께해야 같은 동료가 되는 거고 그렇죠…."

"밥 먹고 오려는데 많이 먹는 편이야?"

"아뇨, 저 조금 먹는 편이라 주변에서 많이 걱정해요. 맛이 없느냐, 자리가 불편하냐…. 근데 진짜 많이 먹는 거거든요."

"하하, 나는 절대 공감 못 할 이야기다. 난 많이 먹으니까 천천히 먹으라는 소리밖에 못 들어봤어."

그렇게 도란도란 이야기를 나누는 가운데 장례식장에 도착했다. 부서 사람들도 이미 도착해 대리와 성진을 기다리고 있었다. 과장은 먼저 들어가 부장과 이야기를 나누었다. 그리고 부장에게 성진을 소개했다.

"부장님, 이번에 새로 들어온 성진 씨입니다. 입사 첫날인데도 꼭 와야겠다고 해서 같이 왔습니다."

"아이고, 다들 오느라 수고했겠구먼. 와준 것만으로도 고마우니까 조의금은 됐고, 앉아서 밥 먹고 가."

메뉴는 평범한 육개장이었는데 이상하게 성진의 입맛에 딱 맞았다. 성진이 원래 많이 먹는 식성이 아닌데도 한 그릇을 비우고도 한 그릇을 더 먹을 수 있을 정도였다.

"성진 씨 입에 맞나 보네?"

성진은 원래 먹는 양보다 몇 배를 먹다 보니 속이 더부룩하고 움직이기가 힘들었다.

그런데 자꾸 배가 고파서 성진은 집에 가서 생전 시켜본 적 없는 야식을 시켜 먹었다. 피자가 오자마자 더부룩하다고 생각했던 것도 잠시, 피자 한 판을 모두 먹어버렸다. 성진은 결국 과식으로 새벽에 화장실을 왔다갔다 하다가 소화제를 먹으며 버텼다.

"성진 씨! 어제 많이 먹은 것 같던데 괜찮아? 원래 많이 안 먹는다며? 설마 안 먹는다고 우리가 뭐라고 할까 봐?"

"이상하네요, 제가 원래 많이 먹지 않는데…. 그날은 음식이 아주 맛있었나봐요… 하하."

게다가 그날 이후로 성진의 가방엔 필수품이 두 개 더 늘었다. 바로 에너지바 같은 군것질거리와 소화제였다. 배가 고프지 않아도 수시로 먹고 평소의 먹던 양과 다르니 위에 부담되고, 이런 생활을 계속하다 보니 소화제도 필수가 되어버렸다. 병원에 가봐도 명확한 원인보다는 스트레스, 과민성인 것 같다며 소화제를 줄 뿐이었다. 이런 상황이 계속되다 보니 살도 찌고 살이 찌다 보니 원하는 데로 몸이 움직여주지도 않았다. 성진은 비만 클리닉도 찾아가고 단식원도 찾아가봤지만 효과가 없었다. 그래서 장례식장을 다녀온 뒤로 생긴 변화를 절친한 친구에게만 털어놓았다.

"장례식장 갔다 오면 액땜하는 이유가 거기 잡귀들도 몰려들어서 사람들한테 따라붙어서라잖아. 아마 그런 이유가 아닐까? 회사 생활은 그럭저럭 괜찮았다며. 그럼 스트레스도 아닌 것 같고."

"근데 식욕만 늘기도 하느냐고."

"그럼 혹시 시도 때도 없이 악몽에 시달리거나 가위에 눌리거나 뭔가 보지 않는지 확인해봐. 혹시 모르잖아."

친구의 말이 솔깃하기는 했지만, 평소에 퇴마와 같은 판타지적인 것들에 관심이 많던 친구라 농담으로 하는 이야기라고 생각했던 성진은 대수롭지 않게 넘겼다.

그러나 그 비정상적인 식욕이 한 달 정도 지속된 이후부터 더 이상한 일이 일어났다.

"아, 안 돼!"

성진은 식은땀을 흘리며 새벽에 깨는 경우가 많아졌다. 악몽을 꾼 것 같은데 도무지 기억 나지 않았다. 그렇게 깨고 나면 아무도 없는 방에 어두컴컴한 새벽, 누군가의 인기척이 느껴져 소름이 돋았다. 그래서 다시 잠이 들어보려고 하지만 소름 끼치도록 무서워 쉽지 않았다. 그렇게 식욕에 밤잠까지 설치니 성진의 몸이 상할 대로 상했다. 더부룩한 느낌에서 이제는 뭔가를 먹기만 해도 제대로 삼키지 못하고 토를 했다. 동료는 성진이 단단히 문제가 생겼다고 생각했고, 성진에게 병가를 권유했다.

"성진 씨, 차라리 병가 내고 쉬고 와. 회사 내에서 요즘 말 많아. 성진 씨 아픈데 계속 굴리는 거 아니냐고 부장님도 한 말씀 하시고…."

"네, 죄송합니다…."

"죄송할 게 아니라, 어쨌든 우리 수익을 내야 하는 회사잖아. 직원이 아프면 빨리 낫도록 도와서 회사를 굴러가게 해야 해. 너무 속상해하진 말고 이 정도 이야기하면 성진 씨도 알아들을 거라고 생각해."

성진이 아픈 몸 때문에 성과가 부진하자 권고사직까지 입방아에 오른 듯했다. 그중 성진과 친밀한 관계를 유지하던 대리가 대

표로 그 소식을 성진에게 전하게 되었다. 성진도 자신의 몸 상태를 생각해 병가를 내고 집으로 돌아갔다.

그리고 최후의 수단이라는 생각으로 절에 가게 되었다. 성진은 마음이 답답할 때 스님의 말씀을 들으며 마음을 다잡곤 했는데 이번에도 도움이 되리라는 생각이었다. 성진은 자주 가던 절에 방문했다.

"스님! 오랜만입니다."

"아, 성진이구나. 꼬마 때 왔었는데 벌써 취업도 했다고 들었다. 축하한다."

"네…. 하하."

취업을 축하하는 스님께 차마 식탐 때문에 잘릴 위기라고 말할 용기가 나지 않았던 성진은 그냥 불상에 가서 간절히 빌기만 했다.

"스님?"

"성진아, 다른 친구는 이해하는데 잡귀랑 악귀는 친구 할 게 못 되는 것 같구나."

"네? 무슨 소리세요?"

"지금 네게 지독하게 굶주린 귀신 하나가 붙어있구나…."

스님의 이야기를 자세히 들어보니 장례식장에서 보았던 영정사진의 모습과 비슷한 얼굴을 한 귀신이었다. 게다가 부장님이 언뜻 말씀하신 바로는 먹는 것을 굉장히 좋아했다고 했다. 그렇게 하나하나 들어맞는 사실의 조각들을 보니 무슨 일이 있었는지 알 것도 같았다. 스님은 성진에게서 귀신을 떨어지도록 하겠다고 말했다. 그러나 성진은 부장님의 가족인데 이렇게 대처하는 게 맞나 싶은 생각이 들었다. 그래서 사실대로 스님께 말씀을 드렸다.

"그럼 성불할 수 있는지 시도해보고 안 된다면 그땐 퇴치해야겠다. 괜찮겠니?"

"네…."

스님은 성진의 부탁대로 그 귀신이 다시 본래의 순수한 영혼으로 돌아갈 수 있도록 하고 성진으로부터 멀리 떨어질 수 있도록 했다. 다행히 그 귀신은 무사히 성불했고 성진으로부터 멀리 떨어져 나갔다.

"다행히 잘 성불한 듯싶다. 불국정토에 가시게 염원하자꾸나…."

"네…."

그렇게 한바탕 바람이라도 지나간 듯 모든 것이 뒤죽박죽이었지만 성진은 마음이 한결 편안해졌다. 덕분에 성진은 회사에 아무

탈 없이 다닐 수 있게 되었다. 동료들도 어디 병원을 갔길래 이렇게 안색이 좋아졌느냐며 병원을 알려달라고 졸랐다.

"원래부터 다니던 절에 다녀왔어요. 마음이 편해지니까 빨리 낫네요. 하하."

"아, 그런 거야? 나는 크리스천인데 어떻게 해야 해?"

"그걸 왜 성진 씨한테 물어? 교회 가서 회개해야지, 김 대리. 김 대리는 회개할 거 많잖아."

"과장님, 저번엔 실수한 거였다니까요!"

대리가 회식 자리에서 술김에 실수한 일로 이제까지 놀리는 과장의 모습과 따라 웃는 부서 사람들의 모습을 보니 이제야 모든 것이 제자리로 돌아온 듯한 느낌이 들었다. 성진은 모든 걱정이 사라진 것 같은 기분이었다.

***

"선배님, 제가 고민이 있는데요…."

어느 날, 평소 친하게 지내던 대학교 후배의 전화가 왔다. 성진에게 전화하는 것이 놀라울 일은 아니었지만, 원체 쾌활한 성격과는 사뭇 다른 목소리에 성진은 내심 걱정이었다.

"장례식장 다녀온 다음부터 자꾸 밥을 먹어대네요…. 그러고는 죽을 것 같아서 억지로 토하고. 왜 이런지 모르겠어요."

성진은 등골이 오싹해지는 기분이었다. 자신과 똑같은 증상이 후배에게 일어나고 있었다. 성진은 혹시 이전에 퇴치하지 않기로 한 자신의 선택 때문에 후배에게 귀신이 옮겨가기라도 해서 이런 일이 생긴 것이 아닐까 하는 생각이었다.

"혹시 악몽도 꾸고 그러니?"

"어? 어떻게 아셨어요?"

아니나 다를까 지난번의 성진처럼 악몽까지 꾸기 시작했다고 했다. 그러자 성진은 더욱 마음이 조급해졌다. 후배는 따로 종교가 있어 스님의 도움을 받으라고 강요할 수는 없는 노릇이었다. 그래서 일단 전화를 걸어 조언을 요청했다.

"스님, 제 후배가 저랑 똑같은 일이 있었대요. 제가 혹시 퇴치하지 않기로 해서 똑같은 일이 일어난 걸까 봐 걱정이 되네요."

"아니야. 그 귀신이 없었으면 이런 일이 애초에 없었을 거 아니니. 일단 후배 데려올 수 있겠니?"

"후배가 종교가 따로 있어서 절에 가는 걸 흔쾌히 수락하지는 않을 것 같아요…."

"그래도 그 귀신을 퇴치해버리는 게 확실한 방법일 텐데…. 그럼 일단 귀신 때문일 거라고 말해두는 게 낫겠구나."

후배에게 귀신 때문인 것 같다고 말하자 후배는 어떻게 하면 되느냐고 물었다. 후배는 벌써 반년째 이 생활을 하고 있던 터라 지칠 대로 지친 상태였다.

"미안하다…. 괜히 내가 불편하게 한 것 같아서. 너 다른 종교 있는 거 뻔히 아는데, 절에 가자고 하고."

"이런 원인 불명한 일이면 누구든 귀신일지 모른다고 생각할 거예요. 저도 솔직히 지금은 그 방법밖에 없고요…. 오히려 신경 써주셔서 감사한데요."

후배는 성진의 말을 따라 스님에게 찾아왔고, 무사히 퇴치했다. 나중에 후배는 몸이 가벼워진 것 같다며 감사인사를 표했다. 성진은 이제 정말 끝났구나 하는 마음에 후배를 얼싸안고 울기 시작했다.

"선배님 이제 저 가위도 안 눌리고, 폭식도 안 해요!"

후배의 반가운 소식이었다.

후배와 성진은 앞으로 장례식장을 방문할 때 더욱 조심하기로 했다. 다른 사람이 조문한다고 하면 귀신을 조심하라고 말하는 홍보대사가 되었다. 다른 사람들은 유난이라고 하지만 후배와 성진이 겪었던 일을 겪었다면 누구라도 그럴 것이라며 입을 모으곤 했다. 성진에게는 그 후로 아무 일도 없었다….

중고 물건

 Y2K라는 단어가 재유행하기 시작했다. 레트로가 유행을 하면서 30대 중반의 평범한 청년 영진에게도 새로운 바람이 불었다. 친구들은 2000년대 초반에 출시한 디지털 카메라를 들고 다니며 사진을 찍기도 했다. 원래부터 빈티지에 관심이 많았던 영진은 그런 레트로가 무척이나 반가웠다.

 영진은 최근 빈티지 인테리어에 관심이 많아졌다. 중세 유럽풍 인테리어가 화려한 듯, 우아한 게 마음에 들었던 것이었다. 하지만 빈티지 가구인 만큼 웬만한 가구 시장에서는 이미 단종된 지 오래되어 중고시장에서나 구할 수 있었다. 그래서 영진은 요새 중고 거래 사이트를 들여다보는 게 유일한 낙이었다.

어느 날 중세풍 인테리어 이미지를 보다가 정말 예쁜 가구 하나를 보게 되었다. 그 가구는 흔들의자로 수납할 수 있는 작은 서랍도 달려있고, 고급스러운 목재로 마감된 아주 예쁜 의자였다. 그 의자가 중고 거래 사이트에 올라와 있는 것이 영진의 눈에 띄었다. 판매자는 친절했지만 왜인지 모르게 가구를 팔기를 주저했다.

"빈티지 콜렉터 님, 꼭 사셔야겠나요?"

"예? 무슨 말씀이신가요?"

"사정이 있어서 판매하는 물건이긴 한데 영… 마음이 안 좋아서요."

"돈은 더 낼 수 있어요, 판매자 님! 꼭 제게 파시면 안 될까요? 제가 너무 가지고 싶어서요."

"아… 그럼 이 물건 절대 아이랑은 닿지 않게 해주셨으면 좋겠어요. 약속해주세요."

혼자 사는 집이라 아이가 들어올 일은 당분간 없으리라 생각했던 영진은 당연히 그럴 수 있다 약속했다. 그 말을 들은 판매자는 겨우 안심을 했는지 거래를 승낙하고 물건을 영진의 집까지 가져다주었다.

영진은 헐값에 꼭 가지고 싶었던 물건을 가진 것은 물론이거니와 요즘 비싸진 택배비를 아꼈다는 생각에 기분이 좋아졌다. 그래서 택배비 아낀 기념이라는 명목하에 카페에서 아메리카노 한 잔을 마시기로 했다.

카페에 들어가니 영진은 다른 것보다 관심사인 인테리어만 눈에 들어왔다. 이 카페는 영진의 취향을 그대로 반영한 듯 인테리어가 너무나 멋졌다. 한참을 감탄하던 영진은 창가 쪽에 자리를 잡고 음료를 주문했다. 사실 눈에 띄던 스콘도 주문했는데 영진의 배꼽시계가 요란하게 울렸던 탓이었다.

한눈에 담기는 아름다운 자연의 모습에 넋을 놓고 바라보는데, 옆자리 테이블의 이야기 소리가 생생하게 귀에 들려왔다. 영진은 실례가 되는 줄 알면서도 자꾸 신경이 쓰였다. 중고거래 이야기였기 때문에 더욱 그랬다.

"아, 맞다. 너도 중고거래 하지?"

"응, 근데 요즘 중고거래도 이상한 사람 너무 많아!"

"그거보다 중고거래 괴담 알아? 그걸 조심해야 돼!"

"아, 생전 고인이 엄청 아낀 물건 대충 중고라고 속여서 팔고 그러는 거?"

"그런 사람도 있어. 내가 아끼는 물건 나 없다고 맘대로 팔아버리면 나라도 화나지."

이 이야기는 영진도 괴담을 들려주는 영상에서 자주 봤던 이야기라 엄청 놀랄만한 이야기는 아니었는데, 그들의 뒷이야기에는 집중할 만했다.

"맞다. 그리고 중고 물건은 무조건 전 주인 말을 잘 새겨들어야 돼. 하지 말라는 거 있음 꼭 안 해야 탈이 없더라."

"그건 맞아. 나도 저번에 전주인이 어디 부분이 약하니까 조심해서 쓰라는 거 까먹고 막 쓰다가 부러뜨렸잖아. 크크."

그 말을 듣고 나니 흔들의자를 판매했던 사람이 아이가 절대 만지지 못하게 하라는 말이 떠올랐다. 사용할 때 조심할 부분을 알려준다고 생각하기에는 좀 특이하다는 생각이 들었기 때문이었다. 그래서 영진은 일단 말을 들어 나쁠 건 없겠지 하고 생각하고는 주문한 커피를 마셨다.

그렇게 여유롭게 커피를 마시던 찰나 급하게 전화가 걸려 왔다. 영진의 사촌인데, 몇 년 전에 조카를 낳았다. 친하게 지내던 사촌 사이라 조카도 엄청 예뻐했는데, 최근 바쁜지 연락이 뜸했었다. 영진은 반가운 마음에 전화벨이 울리자마자 바로 전화를 받았다.

"어, 영진아. 안녕."

"잘 지냈어? 윤호는?"

"윤호도 잘 지내지! 혹시 윤호만 잠깐 맡아주면 안 될까? 내가 진짜 넉넉히 사례할게!"

"애 본 적도 없는 사람한테 맡기면 어떡하냐? 애 위험하면 어쩌려고."

"돌보미 선생님 모셔왔어. 같이 볼 거니까 괜찮아."

"너 무슨 일 있어?"

"병문안인데 아직도 한 사람 면회밖에 안 된다고 해서. 어디 갈 데도 마땅치 않구."

영진은 병문안이라는 사촌의 말에 어쩔 수 없이 그 부탁을 수락했다. 마시던 커피를 빠르게 정리하고 집으로 달려갔다. 역시나 아이가 생활하기에는 위험한 것투성이다. 아이의 호기심을 자극하는 신기한 물건들이 눈에 가득 들어왔다. 이 상태로 조카를 들였다가는 단숨에 난장판이 될 것은 불 보듯 뻔했다. 그보다 아이가 다치기라도 한다면 사촌을 볼 면목이 없었다. 그래서 영진은 작은 창고로 쓰던 방에 위험한 물건을 쑤셔 넣었다. 이따가 물건을 꺼낼 때 와르르 쏟아지지는 않을지 걱정이 됐지만 그것보다 시간에 쫓겨 그런 걱정에 집중하지 못했다. 급한 대로 장난감 몇 개를 사서 준비하고 간식거리를 샀다. 오랜만에 조카를 만나는 일이라 영진이 더 설렜는지도 몰랐다.

"안녕하세요. 김영진 님 맞으신가요?"

"네, 얘가 신윤호 맞죠?"

"네, 저는 윤선화라고 합니다."

돌보미 선생님과 가벼운 인사를 나누고 다과상을 준비했다. 윤호는 어린아이답게 초콜릿 과자에만 눈독을 들이더니 작은 손으로 한 움큼 쥐고 먹기 시작했다. 그 모습이 귀여워 사진으로 찍어서 사촌에게 보냈다. 사촌은 너무 많이 먹이면 안 좋으니 돌보미 선생님을 통해 챙겨준 쌀과자를 주라고 답장했다. 그렇지만 초콜릿의 달콤한 유혹에 빠진 아기를 누가 막을 수 있으랴. 영진은 간곡히 부탁하는 귀여운 모습에 마지못해 초코과자를 모조리 주고 말았다.

폭풍 같던 간식타임이 끝나자 아이는 이리저리 돌아다니며 잡기 놀이를 시작했다. 영진도 아이의 체력에 새삼 감탄하며 잡기놀이를 몇십 분이나 했다. 그러다가 흥미를 잃은 아이가 그만두고 나서야 잡기놀이를 그만할 수 있었다. 그러자 영진은 아이의 주의를 환기시키려 장난감을 하나 꺼냈다. 의사 역할 놀이 장난감이었는데, 요즘 윤호가 가장 재밌어하는 놀이라고 들었던 영진은 어떤 재밌는 모습을 보여줄지 기대하고 있었다.

"환자분, 입 벌려보세요."

진지한 모습으로 옹알대며 말하는 윤호의 모습에 돌보미 선생님도, 영진도 함박웃음을 지으며 놀이에 즐겁게 참여했다. 마지막으로 영진이 의사 역할을 해보겠다고 하자 윤호는 안 된다며 도망다니기 시작했고, 2차 잡기놀이가 시작되었다. 지칠 대로 지친 영진은 뛰어다니느라 땀이 난 몸을 씻기로 했다. 윤호의 체력이 어느 정도 빠졌으리라 생각한 영진은 돌보미 선생님께 윤호를 부탁했다. 욕실에 들어가려던 영진에 눈에 흔들의자가 보였다. 영진은 소스라치게 놀라 돌보미 선생님을 불렀다.

"선생님! 선생님!!"

너무 놀라 호흡이 조절되지 않을 정도로 다급하게 부르는 목소리에 돌보미 선생님이 깜짝 놀라 달려왔고, 영진은 절대 윤호가 흔들의자를 가지고 놀지 못하도록 해달라고 부탁했다. 돌보미 선생님은 의문스러운 부탁이었지만 윤호가 위험할 수 있다는 말에 그렇게 하겠다고 말했다.

"선생님, 많이 힘드시죠?"

영진이 샤워를 마치고 에너자이저 윤호를 놀아주려고 거실로 들어가자 흔들의자를 가지고 놀고 있는 윤호의 모습을 발견했다. 영진은 눈이 커지며 어쩔 줄 몰라했다. 아무런 상황도 모르는 돌보미 선생님은 멋쩍은 표정을 지으며 말했다.

"많이 아끼시는 물건이신거죠…? 죄송해요. 윤호가 꼭 타보고 싶다고 고집을 피워서요."

"아뇨, 아뇨. 그게 아니라 정말 저도 어떤 일이 일어날지 몰라서 그래요…."

영진은 사촌에게 전화를 걸어 지금 당장 윤호를 데려가라고 말했고, 단호한 영진의 모습에 놀란 사촌은 윤호를 데리러 왔다. 새하얗게 질린 영진의 모습을 보고 무슨 일이 있었겠다 짐작한 사촌은 더 이상 캐묻지 않고 집으로 돌아갔다.

그렇게 돌아갔던 날이었다. 윤호가 열이 40도가 넘도록 펄펄

끓었다. 해열제를 먹이고 온갖 조치를 해봐도 열이 도무지 내리지 않았다. 사촌은 발만 동동 구르고 영진은 흔들의자를 창고에 넣어두지 않은 자신의 탓이라 자책하며 윤호의 병실 앞을 맴돌았다. 다행히 윤호의 열이 내리고 고비를 넘기자 영진은 안도의 한숨을 내쉬었다. 그리고 흔들의자 판매자에게 더 자세한 사정을 듣기 위해 중고거래 사이트를 켰다.

"판매자님, 왜 아이와 닿으면 안 되는 건지 알려주시면 안 될까요?"

"설마 저와의 약속을 어기신 것은 아니죠?"

"…"

"왜 그러셨어요! 제가 약속해달라고 했잖아요."

판매자는 이 흔들의자가 영진처럼 빈티지 인테리어를 좋아했던 임산부의 것이었다고 했다. 그 임산부는 아이의 얼굴도 보지 못한 채로 아이를 떠나보내야 했다. 그녀는 슬픔을 이기지 못해 결국 극단적인 선택을 하고 말았는데, 그 영혼이 아직 이 흔들의자에 남아있는 것인지 아이들이 이 의자를 만지면 그 여자를 따라 하늘나라로 가게 되는 것 같다고 했다.

믿을 수 없는 말에 영진은 더 이상 판매자와 채팅을 할 수 없었다. 영진은 지푸라기라도 잡는 심정으로 용하다는 점집에 찾아가기로 했다. 만약 그 이야기가 사실이라면 점집에서는 적어도 해결 방법을 알려줄 것이라고 생각했던 것이었다. 무당에게 다른 설명 없이 그 흔들의자 사진을 보여주니 어디서 듣고 오기라도 한 듯이, 대본이라도 읽듯이 말했다.

"이 흔들의자 주인은 이 세상 사람이 아니구만. 아이에 대한 집착이 강해서 계속 이승을 떠도는가 본데…. 쯧, 한 명이 또 걸렸군."

"그 걸린 한 명… 살릴 수 있는 방법이 없을까요?"

"이 흔들의자를 아주 없애버려야지. 불태워야 돼. 이 부적이랑 같이."

미신, 귀신, 종교 등 어느 하나 믿지 않던 영진이었지만 자식처럼 끔찍이 아끼는 조카가 자신의 부주의 때문에 아프다는 죄책감이 들기 시작했고, 지금 당장 뭐라도 하지 않으면 버티지 못할 것 같았다. 그래서 흔들의자를 넓은 공터로 끌어내서 부적을 붙이고 그 의자를 불태워버렸다. 활활 타오르는 흔들의자는 바람이 불지도 않는데 부드럽게 움직이기 시작했다. 이제 다 끝났다 싶은 생각이 들 정도로 후련해진 마음으로 사촌에게 전화를 걸었다.

"삼촌!"

윤호의 목소리였다. 영진은 마음속 무거운 돌덩이가 먼지가 되어 날아가는 듯한 기분을 느꼈다. 영진은 다시는 전 주인의 당부를 어기지 않으리라고 다짐했다. 다음에 어긴다면 무슨 일이 생길지 모르므로….

택시기사

 충남의 한 작은 마을에서 거의 30년간 택시기사를 하던 광욱은 요즘 고민이 이만저만이 아니었다. 마을이 점점 더 발전해서 많은 사람이 살게 되어 손님 걱정은 없었지만, 그만큼 진상손님도 엄청나게 늘어났던 것이었다. 그렇게 몇 년이 지나고 나니 모두들 자가용을 가진 터라 손님이라도 많던 것이 손님 한 명 한 명이 소중한 수준이었다. 그래서 24시간 밥을 10분 내로 먹으며 일해도 일당이 입에 풀칠하기도 어려울 수준으로 잘 나오지 않는 추세였다.
 "광욱아, 나 그만둔다."

"너 아들 결혼한다고 더 일한다고 했었잖아…."

"그렇긴 한데 회사에서 손님도 없고 하니까 정리한다더니 내가 영 실적 못 내는지 은근히 눈치를 주네. 와이프도 이제 그만하고 쉬라고 하고."

"…오늘 끝나고 술 한잔하자."

"됐어. 너도 일해야지."

광욱과 친하게 지내던 동료기사는 실적이 부진하다는 이유로 권고사직을 받았다. 그 은근한 눈칫밥을 먹으며 버티다 얼마 안 되는 퇴직금을 가지고 결국 그 기사는 택시를 그만두었다. 광욱은 아직 대학교에 다니고 있는 늦둥이 딸과 아들을 생각하면 아직 일을 그만둘 수는 없었다. 아내도 소소한 일거리를 하며 살림을 보태는 중이라 아내를 더 고생시킬 수는 없었다. 그렇게 악착같이 일하다 보니 건강은 건강대로 망가지고 가족들의 얼굴을 본지도 언제였는지 기억이 나지 않을 지경이었다.

"손님, 어디 가세요?"

"시청 앞 은행에서 내려주세요."

"예."

오후 1시가 돼서야 첫 손님을 태운 광욱은 손님이 내리고 난 뒤 빈자리를 보며 한숨만 내쉬었다. 오후 1시에 첫 손님이라면 아무리 짧은 거리로 왕복을 한다고 해도 4시나 되어야 두 번째 손님을 받을 것이 뻔했기 때문이었다. 광욱은 늦은 점심을 편의점 김밥으로 때우고 도로를 달렸다. 그렇게 몇 손님을 내려주고 나자 벌써 날은 어둑해져 있었다. 광욱은 벌써 불을 켠 간판들을 보자 겨울이 온 게 실감이 났다. 사실 그런 낭만적인 생각보다 눈이 와서 택시 운행을 하지 못할까 봐 걱정이 태산이었다.

"아니, 이 추운데 혼자 서 계시네…. 무슨 일이 있으신가?"

자정이 되었는데 밖을 서성이는 한 여자가 보였다. 옷도 계절에 맞지 않은 차림에, 왠지 안절부절못하고 있었다. 광욱은 이게 바로 뉴스에서만 보던 가정폭력 때문에 가출한 것인가 싶어 근처에 잠시 차를 세웠다.

"날씨가 추워요. 이 날씨에 옷도 얇으시고, 무슨 일 있으세요? 도와드릴까요?"

"아… 그냥 시내 한 바퀴 돌아주실 수 있나요?"

"예. 타세요."

광욱은 그 여자가 시청 근처 아파트에 사는 사람인 것과 아직 사랑 넘칠 신혼이라는 사실도 알게 되었다. 그런데 남편이 술만 마시면 폭력을 행사해서 술을 마시는 동안 잠시 나와 있다 들어간다고 말했다. 그 모습이 참 안돼 보여 앞으로 손님이 없다면 태우러 올 테니 겨울에는 따뜻하게 입고 나오라고 당부했다. 광욱은 자신이 만약 딸을 일찍 낳았다면 그 또래쯤 됐을 여자에게 영 마음이 쓰였다. 그래서 택시비를 받았다면 한 달 수입에 큰 도움이 되었을 일을 공짜로 베풀었다.

"손님, 어디 가세요?"

"온누리병원이요."

"예."

그다음 날에는 손님이 좀 많았다. 광욱은 좋은 일을 해서 그렇구나 생각하며 기쁜 마음으로 택시 운전을 했다. 그렇게 하루 일당을 열심히 벌고 나니 자정이 다가왔다. 시청 옆 아파트 거리에 가보니 어제와 똑같은 차림을 한 여자가 서성이고 있었다. 반갑게 손을 흔들자 수줍게 손을 흔든 그 여자는 차에 탔다.

종일 있었던 일을 이야기하는데, 좀 이상한 것은 예전에 있었던 건물들에 관한 이야기가 많았다. 예를 들어 카페에 갔던 일을 듣자 하니, 이미 치과 건물로 바뀐 옛날 가게 이야기였다. 5년 전에 온 이 여자가 알기에는 훨씬 이전에 영업을 끝낸 곳들이었기에 광욱은 의아했다. 어디선가 소식을 듣고 아는구나 싶어 여기서 살던 사람 중에 아는 사람이 있느냐고 물었다. 그러나 그녀는 여기서 아는 사람이 한 명도 없다고 말했다.

"그 카페 한 10년도 넘었지 아마? 예전에 있다가 사라진 건물이거든. 이걸 5년 전에 왔다는 분이 아니까 반가워서~."

"아, 네…."

여자의 표정이 순간적으로 굳어졌다. 그러자 광욱은 뭔가 실수를 했나 싶어 너털웃음을 터뜨리며 처진 분위기를 풀어보려 했다. 광욱에 노력에 조금 표정이 풀린 그녀가 말했다.

"오늘은 조금 멀리 부탁해도 될까요?"

어제보다 더 멀리 가기를 부탁하는 그녀의 말에 따라 광욱은 액셀러레이터를 밟았다. 벌써 차는 고속도로를 달리고 있었다. 광욱은 이상하게 오늘따라 일찍 도착한 고속도로가 이상했지만, 가는 길에 대화를 나누느라 그런 것으로 생각했다.

"저는 김선영이에요."

"아, 저는 곽광욱입니다."

통성명을 하고 나니 더욱 가까워진 기분이 들었다. 선영은 그 추위에 서 있었는데도 붉어지거나 하는 것 없이 멀쩡했다. 광욱은 그저 그녀가 추위를 잘 안 타는 체질이구나 생각했다. 그렇게 달려가는데 뭔가 이상했다. 표지판이 알 수 없는 지명들로 가득했다. 정확히는 이 도로에서 나올 수 없는 지명들이었다. 서귀포, 울릉도, 갖가지 섬은 물론이고 때때로 영어 지명이 쓰여 있기도 했다. 광욱은 자신이 너무 과로해서 환각을 보는 것인가 싶어서 선영을 내려주고 당장에 휴식을 취해야겠다고 생각했다.

"어…. 선영 씨, 괜찮으시면 오늘은 이만 내려드릴까 해요. 내가 몸이 안 좋은지 헛것이 다 보이네. 이러다 큰일 나면 안 되니까… 집까지는 데려다줄게요."

"네…. 이쯤이면 남편도 술기운에 잠들었을 거예요."

선영을 내려주자 금세 환각은 사라지고 멍하던 머릿속도 시원해지는 느낌이 들었다. 광욱은 두통 때문이구나 싶어 잠을 청했다. 차 안에서 잠을 자려고 하니 이곳저곳 안 배긴 곳이 없었지만, 내일 영업을 바로 시작하기 위한 광욱만의 방식이었다.

아내의 부재중 전화가 와있었다. 메시지로 오늘도 들어가지 못할 것 같다는 말만을 남기고 잠이 들었다. 그날은 이상하게도 불편한 자리에서도 잠이 잘 왔다.

"으악! 밀지 마!"

그의 택시를 한 여자가 밀고 있었다. 길의 끝에는 끝이 보이지 않는 낭떠러지와 끊어진 도로의 잔해가 떨어지고 있었다. 광욱은 그 택시에서 나갈 수가 없었다. 차 문이 잠겨 전혀 열리지 않았다. 게다가 그 여자의 힘이 어찌나 센지 광욱이 차 안에 있는데도 쉽게 밀려 점점 낭떠러지에 가까워졌다. 바퀴가 거의 낭떠러지의 걸쳤을 때 광욱은 소리를 지르며 그 악몽에서 깨어날 수 있었다.

"곽광욱 씨, 정신이 드세요? 여기가 어딘지 아시겠어요?"

광욱은 이곳이 어딘지 잘 알았다. 오랫동안 마을 사람들을 진찰하던 큰 병원이었다. 광욱은 자신이 어쩌다 이곳에 오게 되었는지 물었다. 그러자 의사는 광욱이 차 안에서 심정지 상태로 발견되어 겨우 의식을 차린 것이라며 지나가던 행인이 보지 않았더라면 골든타임은커녕 그대로 방치될 뻔했다고 말했다.

"그럴 리가요…. 저는 그냥 어제 잠든 것뿐인데."

"심정지가 오면 잠든 것같이 느끼는 환자분도 간혹 계세요."

"…."

"차 안에서 주무시는 것보단 집에서 푹 쉬시는 게 나을 것 같아요. 정확한 검사결과 나오기까지 얼마간은 심장에 무리 가는 일은 삼가시고요. 특히 목욕탕이나 사우나 주의하세요."

"예…."

광욱은 택시 운전은 심장과 관련이 없으니 빨리 영업을 시작해야겠다고 생각하고는 평소보다 더 속도를 냈다. 이미 시간이 흘러 첫 손님을 저녁에 받을 지경이었다. 그렇게 다시 자정이 찾아왔다. 선영을 태우러 아파트 단지에 들어간 광욱은 선영을 찾았다.

"어, 저기 계시네?"

아파트 주차장에서 서성이는 선영을 본 광욱은 선영을 태우고 시내를 돌았다. 선영은 이번에는 국도로 달려보자며 광욱을 졸랐다. 광욱은 국도를 가로질러 달렸다. 도로에는 아무도 없고 한적했지만, 밤이라서인지 한 치 앞을 예상하기 어려웠다. 백미러를 통해 보니 선영이 미소를 짓고 있었다. 그런데 갑자기 차의 속도가 빨라졌다. 아무리 브레이크를 밟아도 멈추지 않았다. 당황한 광욱은 가드레일에 차체를 붙이며 속도를 줄였다.

그렇게 간신히 멈춘 차에 뒤를 돌아본 광욱은 소리를 질렀다. 선영은 온데간데없이 사라져 있었다. 광욱은 차의 옆면 말고는 멀쩡한 모습에 선영이 사고 때문에 다른 곳으로 튕겨 나간 것은 아니라고 생각했다. 그때 "아쉽다…" 하는 소리가 귓가에 스쳐 지나갔다.

"차에는 아무런 이상 없어요. 급발진 일어났던 차량이랑 비교해봐도 브레이크도 정상, 액셀러레이터도 정상이에요."

카센터에 들른 광욱은 차에는 아무런 이상이 없다는 말을 듣고 블랙박스까지 복원하여 경찰서로 갔다. 경찰서에서 사건경위를 조사하고 나니 선영의 신상을 물었다. 광욱은 아는 대로 답했다.

"김선영 씨는 이미 사망한 분인데요…. 잘못 아신 거 아니세요?"

"예? 그럴 리가요…. 블랙박스 보시면 같이 탄 여자분 나올 겁니다."

"블랙박스에서도 택시기사님 목소리만 들립니다. 아무런 인명사고 없었으니 이대로 마무리하시고 이번 기회에 차를 바꾸세요."

경찰에서는 그냥 사건을 마무리 지었다. 광욱은 차량을 수리하고 더 이상의 사고가 없도록 비는 마음으로 무당을 찾아가기로 했다. 동료가 굿을 하고는 사고가 없이 택시를 운전했다는 말이 솔깃했기 때문이었다.

"아… 그, 제가 손님 한 명을 가끔 태웠는데, 갑자기 심장마비도 오고 사고까지 났습니다. 달리는 중에 그 손님이 나타나서 피하려고 했는데, 그 손님은 온데간데없고… 블랙박스에도 없다고 하니 이상해서요. 무사고 기원하는 굿을 좀 지낼까 하고요…."

"옷차림은 어떻던가?"

"계절에 안 맞고… 매일 똑같은 옷이고요…. 젊은 사람 같은데 옷에 관심 없는 게 이상하기는 했지요."

"흠…. 그 손님은 영혼인 것 같네. 택시 하면서 그런 것도 모르고 운전을 했어?"

"선배 기사님들이 귀신에 대해서 말을 해주시긴 했는데, 그때는 하는 말이 논리적으로 맞는 말인 것 같은 느낌 때문에 이상하다는 생각이 안 들었습니다."

무당은 몇 가지를 물어보더니 그 선영이라는 여자는 영혼이라며, 택시에 귀신들도 타는데 주의하지 않았다고 광욱을 나무랐다. 무당은 당연히 귀신에게 홀리면 무슨 말이든 맞는 말처럼 들린다고 했다. 게다가 광욱이 친절하니 저승 친구로 데려가려고 했던 것 같다며, 앞으로는 조심하라고 충고했다. 그리고 부적을 하나

써주고는 택시에 잘 넣어두고 다니면 웬만한 잡귀는 붙지 않을 거라고 말했다. 광욱은 이만하길 다행이라는 생각이 들었다.

"기사님, 세브란스병원으로 가주세요."

그로부터 몇 달이 지나 한 남자가 광욱의 손님으로 왔다. 그 남자는 희귀 암 말기라 집에서 통원치료를 받으며 연명을 하고 있다고 했다. 매일 똑같은 옷에 똑같은 말로 하나의 루틴처럼 택시를 이용했다. 광욱은 그 손님과도 금세 친해졌다. 그 남자는 언제가 기일이 될지 모르니 가장 좋은 옷을 입고 다니는 것으로 말했다. 그가 눈물을 주체하지 못하고 흘리고 있는 것 같아 백미러로 살펴보던 찰나였다. 광욱은 미처 흉내 내지 못한 영혼의 일부 때문인지 눈물을 흘리면서도 입꼬리가 귀에 걸린 그의 모습을 보고 말았다. 광욱은 택시에 걸어둔 부적이 사그라지는 것을 보았다. 식은땀이 그의 등줄기를 타고 흘렀다.

2부

독자 제보 스토리

고시텔 무료 식사

안녕하세요. 현재 울산에 거주하는 30대 남성입니다. 제가 제보드릴 내용은 고시텔에 살면서 겪은 경험담인데, 다시 생각해봐도 여러 의문만 가득한 소름 돋는 일입니다.

지금부터 6년 전, 제가 서른 살 때 겪은 일입니다.

제 고향은 부산이지만 그 당시 취업 문제와 그리고 여러 가지 개인 사정 때문에 혼자서 울산으로 올라오게 되었습니다. 부끄럽지만 그 당시 모아둔 돈도 거의 없었고 이것저것 도전만 하다 큰

실패를 경험한 탓에 돈 없이 빚만 지고 있던 힘든 상황이었죠.

보증금 100만 원 남짓으로 멀쩡한 방을 구하는 건 불가능에 가까웠고, 저는 어쩔 수 없이 가장 저렴한 고시텔을 찾아 들어가는 그런 방법밖에 없었습니다.

그러다 울산 북구에 위치하는 가성비 좋은 고시텔을 발견했는데 빈방이 하나밖에 남지 않아 저는 고민할 겨를도 없이 바로 계약서를 작성했습니다.

이곳은 중년 부부가 운영을 하고 있었는데, 낡은 건물 외관과 다르게 실내는 생각보다 깨끗했습니다. 원룸보다 협소하긴 하지만 그래도 가격 대비 굉장히 훌륭한 편이었습니다.

더 마음에 들었던 건 이 고시텔의 시스템이었습니다. 다른 곳들이 어떻게 운영이 되는지는 저도 잘 모르겠지만, 여긴 식사가 무료로 제공된다는 정말 좋은 혜택이 있었죠. 고시텔 주인 아주머니가 직접 요리를 해주시는 건 아니고, 아주머니가 밥과 반찬을 가져다놓으면 그걸 각자 덜어서 먹는 방식이었습니다. 고시텔에 거주하는 사람들은 대부분 금전적인 문제가 많기 때문에 주인 아주머니가 배려 차원에서 식사를 제공하는 거라 생각했죠.

그때까지는 고시텔 생활에 너무 만족했습니다. 그리고 여기 있으면서 언젠가는 빚도 갚고 더 좋은 곳으로 이사를 해야겠다는 생각도 가지고 있었습니다.

하지만, 얼마 가지 않아 제게 하나둘씩 문제가 생기고 말았습니다.

제가 울산에 올라오자마자 들어갔던 회사는 자동차 부품을 제조하는 하청업체였는데, 여기서 일을 하다 손가락 두 개가 골절이 되는 사고가 일어나버렸죠. 그로 인해 근무는 힘들어졌고 회사에서는 산재 처리 대신 얼마간의 유급휴가를 받고 일을 쉬게 되었습니다.

하지만 일을 하지 않고 쉬고 있는 기간에도 갖가지 악재들이 겹치고 말았죠.

그날은 부산에서 올라온 친구를 만났고 모처럼 술을 한잔하려는 생각에 조용한 술집을 찾아 들어갔습니다. 참고로 이 친구는 제가 힘들 때마다 도와줬던 고마운 친구여서 저도 각별히 아끼던 놈이었는데, 이날 친구 표정을 보니 뭔가 할 말이 있는 듯 보이더라고요. 그래서 제가 물었습니다.

"무슨 걱정이라도 있어?"

그러자 친구는 한참을 고민하다 말을 꺼냈는데, 그 말은 전혀 예상지도 못한 이야기였죠.

"그게 말이야…. 너 동진 선배 기억하지? 내가 그 선배 말만 믿고 대출까지 받아서 투자를 좀 했거든. 근데 그 사업장이 부도가 나서 완전 쪽박을 차버렸어"

"아이고…, 잘 좀 알아보지…. 부모님은 아셔?"

"아직 말도 못 꺼냈어…. 지금 이런 말 잘못했다간 집에서 쫓겨날 판이야…. 어… 그래서 말인데… 너 돈 좀 있으면 조금만 빌려줘라."

오랜만에 만난 친구는 제게 돈을 빌려달라고 찾아온 것이었습니다. 마음 같아선 두말없이 도와주고 싶었지만, 당시 저도 친구를 도와줄 형편이 아니었습니다.

"미안하다…. 너도 보다시피 나 일하다가 손가락까지 다쳐서 지금 쉬고 있거든."

"그래…. 너도 힘들 텐데 어쩔 수 없지."

그렇게 친구와 술을 한잔하고 술집에서 나오는데, 술집 맞은편에 서있던 어떤 남자와 눈이 마주치게 되었죠. 일면식도 없는 그 남자는 제게 시비를 걸었습니다.

"야, 너 일로 와봐."

저를 보자마자 반말하면서 시비를 거는데, 괜히 상대해 봤자 손해만 볼듯싶어 그냥 무시하고 친구와 갈 길을 가고 있었습니다. 그러니까 그 남자가 저희를 따라오면서 차마 꺼내기도 힘든 욕을 계속해서 하는 겁니다. 그때 화를 참고 있던 친구가 이성을 잃었고, 그 남자를 폭행하는 최악의 상황이 생겨버렸죠.

결국 경찰이 오고 나서 싸움은 끝이 났고 저도 싸움을 말리느라 의도치 않게 친구와 그 남자를 제압할 수밖에 없었습니다.

그 와중에 정말 어이가 없었던 건 저희에게 시비를 걸었던 그 남자의 진술이었습니다. 남자의 말은 친구와 제가 일방적으로 먼저 시비를 걸었고 정작 본인은 피해자라고 말하는 것이었습니다.

하필 새벽 시간이라 목격자도 없고, 거기다 친구가 그 남자를 폭행했다는 건 명백한 사실이라 친구는 물론이고 저마저도 폭행 가해자가 되어버렸습니다. 제가 싸움을 말리던 중 생각 없이 남자를 밀쳤던 행동들이 폭행으로 인정이 되었던 거죠.

며칠 뒤 그 남자는 전치 2주 합의금으로 100만 원을 요구했고, 저는 사촌 형에게 손을 빌려 겨우 사건을 마무리 지을 수 있었습니다.

그렇게 유급휴가가 끝이 나고 그날 출근을 하려고 나왔는데, 횡단보도에서 신호를 기다리고 있다가, 신호위반을 하던 차량과 부딪히는 사고를 당하고 말았습니다. 넘어지면서 바닥에 손을 잘못 짚어 또다시 손가락을 다치고 말았습니다. 이번에는 병원 신세를 지게 되었습니다.

제가 울산으로 올라온 지 한 달 만에 이런 악재들을 연달아 겪다 보니 정말 미치고 환장할 노릇이었죠.

그래서 다시 부산으로 가야 하나… 이런 생각까지 하고 있었는데, 어느 날 제가 입원했던 병실에 한 할아버지가 환자로 들어오셨습니다. 인자한 모습의 할아버지였고 말씀도 거의 없던 조용한 분이셨습니다.

하루는 저를 보고 심각한 표정을 짓더니 이런 말을 하시더라고요.

"자네는 차라리 다른 집을 알아보는 게 좋을 거 같아…."

"네? 집이라뇨? 무슨 말씀이세요?"

"제삿밥을 그리 먹으니 잘 풀릴 수가 없지…."

그 후로 더 이상 말씀을 하지 않으셨습니다 저는 그 말이 무슨 뜻인지 이해가 가지 않았지만, 자꾸만 찜찜한 기분이 드는 건 어쩔 수 없었죠.

그리고 얼마 뒤 저는 퇴원을 하고 다시 고시텔로 들어갔는데, 고시텔 주방에서 저와 나이가 비슷한 남자분이 물을 마시고 있더라고요. 참고로 고시텔은 주방이 공용구역이라 여기서 지내다 보면 다른 방에 사는 분들과 종종 마주치는 일은 흔한 편이었죠.

"안녕하세요. 식사하러 나오셨어요?"

제가 예의상 인사를 건넸더니, 그분이 눈치를 살피면서 이런 말을 하는 겁니다.

"잠깐만… 나 좀 따라와요."

그래서 그 남자를 따라갔더니 저를 본인 방으로 데려가더라고요.

"저… 여기 들어온 지 얼마 안 되셨죠?

"네, 근데 뭐 문제라도 있으세요?"

"아니… 제가 여기 온 지 3년째거든요. 알만한 사람들은 여기서 밥을 안 먹는데…. 그쪽은 모르고 계시는 거 같아서요. 그… 혹시 201호는 아니시죠?"

"어? 어떻게 아셨어요? 저 201호에 살고 있는데."

그러자 그 남자는 믿기 어려운 섬뜩한 말들을 제게 털어놓았습니다. 저는 그 말을 듣고 나서 당장 짐을 싸고 싶을 정도였습니다.

"이건 아시겠지만, 여기가 다른 곳보다 시세가 싸잖아요? 그게 다… 이유가 있거든요…. 음… 한 6개월 전인가…? 어떤 여자가 고시텔에 들어왔었어요 그리고 한두 달 정도 지났나? 하여튼 그때부터 이상한 썩은 내가 진동을 하더라고요. 그래서 원인을 알아봤더니… 글쎄 그 여자가 201호에서 죽어있었대요. 뭐 우울증 때문에 목숨을 끊었다고 하는데…. 근데 저도 좀 이해가 안 되는 부분이 있거든요? 그게 그 여자 오른쪽 손가락이 거의 절단된 상태로 발견이 되었다고 하더라고요. 그나저나… 빨리 방부터 바꾸시고요…. 그리고 사고 난 건 비밀로 좀 해주세요. 그게 주인아주머니가 알면… 기존에 있던 사람들이 불편해질 수도 있거든요…."

그리고 그 남자는 고시텔에서 밥을 먹지 않는 이유도 설명을 해줬습니다.

"주인 아주머니가 가져오는 반찬들… 전부 장례식에 쓰이고 남은 음식이에요. 저도 어디서 들은 얘기라…. 주인 아저씨 지인이 장례업을 하는데, 거기서 남은 잔반들 가져와서 냉장고에 넣어두고 간다는 거예요. 이거 아는 사람들은 아무도 안 먹어요."

저는 모든 얘기를 듣고 나서 곧장 주인아주머니를 찾아가 방을 바꿔달라고 했습니다. 의외로 주인 아주머니는 별다른 말 없이 알겠다고 하는 겁니다.

"근데 아주머니, 제가 들어올 때는 방이 하나밖에 없다고 하지 않으셨어요?"

"그땐 그랬지…. 근데 지금은 방이 좀 남아서…. 다른 방으로 바꿔줄게."

"네, 근데 이건 어디서 들은 건데요…. 냉장고에 있는 반찬들 전부 장례식장에서 가져오시는 거예요?"

"응? 그런 얘긴 또 어디서 들었대? 에이, 뭐 어때. 입에 들어가면 다 똑같은 음식이지, 뭐. 남으면 다 음식물 쓰레기야. 그리고 총각, 이번 달부터 방값 내려줄 테니까 어디 가서 이상한 말 하고 다니지 마, 알겠지?"

그 말을 끝으로 저는 206호로 방을 옮겼고, 그때부터는 고시텔에서 밥도 먹지 않고 지냈습니다.

방을 바꾼 뒤로는 아무런 일도 일어나지 않았습니다. 저는 그 고시텔에서 석 달간 더 지낸 뒤 조그만 원룸을 얻어 나오게 되었죠.

지금 생각하면 단순 우연이라고 보기에는 한 달 만에 너무 많은 일이 일어났습니다. 또 이상할 정도로 손가락만 다치는 사고가 연달아 생겼는데, 이 모든 사건이 201호에서 일어난 일과 분명 연관이 있을 거란 생각이 들었습니다.

그게 아니라면 병원에서 만난 할아버지 말씀처럼 제삿밥을 먹은 탓에 그런 나쁜 기운을 받았던 건지, 지금까지 저도 정확한 이유는 파악하지 못했습니다.

현재까지도 그 고시텔은 정상영업을 하고 있습니다. 아직도 수많은 피해자가 나오고 있는지는 모르겠습니다. 하지만 이런 미신적인 일들을 경찰에 신고할 수도 없고, 여기서 모두 밝히자니 명확히 상호를 밝히지 못하는 점 양해 부탁드립니다.

이 고시텔은 외관은 낡았지만, 실내는 정반대로 깔끔했고 주변 고시텔 시세보다 많이 저렴했던 곳입니다.

이 일을 겪기 전까지는 집터가 왜 중요한지 전혀 모르고 살았는데, 이렇게 연달아 끔찍한 일을 당하고 보니 사고가 있던 집터는 대체로 안 좋은 기운이 있다는 건 부정하기 힘든 사실이었죠.

현실적으로는 믿기 힘들지만, 그렇다고 우연이라고도 볼 수 없는 이런 기묘한 사건들을 보면 귀신이라는 존재가 어딘가에는 존재할지도 모른다는 생각을 가지게 된 사건이었습니다.

마트 무경력 직원

안녕하세요. 저는 울산에 거주하는 40대 남성입니다. 오늘 제 보드릴 사연은 제가 대형마트에서 일을 할 때 저와 같이 근무했던 남자 직원에 관련된 이야기입니다.

벌써 10년도 더 지난 일입니다. 당시 저는 울산 대형마트 안에서 의류를 판매하는 일을 하고 있었습니다. 마트 안에서 일을 하는 건 맞지만 그렇다고 마트 소속 직원은 아니었고, 마트 측에서 임대매장을 내주면 그 자리에 들어가 개인사업을 하는 시스템이었죠.

아무튼 제가 운영하던 옷 가게는 젊은 남성층을 타깃으로 한 정장의류였습니다. 이 일을 막 시작할 때는 따로 직원을 구하지 않고 아내와 둘이서 일을 했었습니다. 정확히 말하자면 그 당시 오픈 시간이 오전 10시, 마감은 밤 9시 30분이었는데 아내가 출근해서 3시까지 일을 하고 3시부터는 저와 맞교대를 해서 제가 마감까지 근무를 했던 그런 일상이었죠.

그렇게 2년간은 문제없이 일을 하다가, 어느 날 아내의 임신으로 직원을 구해야 했습니다. 각종 알바 사이트에 구인 글을 올려 직원을 채용하려고 했지만, 제 예상과 다르게 직원은 쉽게 구해지지 않더라고요. 개인적으로 저는 남자 직원을 선호하고 있었는데, 시급도 적고 마트 안에서 일을 하는 거라 그런지 자꾸만 아주머니들만 연락이 오곤 했었죠.

하는 수없이 그냥 아주머니를 써야 하나… 그런 생각을 하고 있었는데 때마침 전화 한 통이 걸려오더라고요. 제가 그 전화를 받았습니다.

"네, 여보세요."

마침 남자의 목소리였습니다.

"알바 사이트 보고 연락드렸는데요. 아직 사람 구하시나요?"

"네, 아직 구인 중이고요. 이따 오후에 시간 괜찮으시면 이력서 한 통 가지고 한번 들르세요."

대략 30대 초중반 정도로 생각되는 남자였습니다. 오후 2시쯤 가게에서 면접을 보기로 약속을 잡았습니다.

그리고 그 남자는 약속시간에 맞춰 가게로 찾아왔습니다. 첫인상은 굉장히 깔끔해 보이는 외모였죠.

"어서 와요. 좀 전에 면접 보기로 한 분 맞으시죠? 이력서는 가지고 오셨어요?"

저는 그 남자가 건네준 이력서를 살펴보는데 뭔가 좀 이상하다는 느낌이 들었습니다. 이름은 김승민, 나이는 32살인데, 경력란에 아무것도 적혀있지 않는 겁니다.

"저, 승민 씨. 지금까지 일을 한 번도 안 하셨던 거예요?"

"아, 네. 제가 성격이 좀 소심해서요. 어쩌다 보니까 집에서만 생활했던 거 같아요."

30대 초반에 단순 알바 경력도 없는 완전 무경력이라, 저는 고민이 될 수밖에 없었습니다. 의류 판매가 기술을 요구하는 건 아니지만, 그래도 사람 상대를 해야 하는 직업인데 아직 사회경험조

차 없다고 하니, 일을 잘할 수 있을지 걱정이 앞서더라고요.

하지만 마땅한 지원자도 없었고… 하루빨리 사람을 구해야 했던 상황이라 좀 불안하긴 했지만 한번 믿어보기로 결정을 내렸죠.

그런데 제 걱정과 다르게 승민이는 빠르게 적응을 했습니다. 거기다 승민이가 온 뒤로부터 가게 매출까지 올라갔습니다. 말 그대로 복덩이나 마찬가지였습니다.

그렇게 승민이와 일을 한 지 반년 가까이 되었을 때, 다른 임대 매장을 운영하던 점장님들 입에서 이상한 말들이 나오기 시작했습니다. 승민이가 가게 손님을 내쫓는다는 말이었습니다.

당시 저는 다들 경쟁상대이니 괜한 헛소문을 퍼뜨리는 거라 생각하고 그냥 넘어갔습니다. 그럴 수밖에 없었던 건 손님을 내쫓으면 오히려 매출이 떨어져야 하는데, 이건 정반대 상황이니까요. 누가 봐도 앞뒤가 맞지 않는 말이라 볼 수 있었죠.

그런데 얼마 뒤 마트 매니저가 저를 부르더니 이런 말을 하는 겁니다.

"저기, 점장님. 같이 일하는 직원 말이에요. 글쎄 손님을 가려서 받는다고 컴플레인이 몇 번이나 들어왔거든요. 요즘 말이 많은데 교육 좀 제대로 시켜주세요."

이 얘기를 듣고 나니 뭔가 머리를 한 대 맞은 듯한 기분이었습니다. 저는 그날 승민이를 불러 이야기를 꺼냈습니다.

"승민아, 내가 어디서 들은 얘긴데… 너 일할 때 손님 가려서 받은 적 있어?"

"아, 그게 어쩔 수가 없었어요."

"아니, 어쩔 수가 없다니? 도대체 무슨 말이야?"

"이런 말 하면 믿으실지는 모르겠는데요. 제가 옛날부터 안 좋은 기운들을 좀 느끼거든요."

승민이는 어릴 적부터 남들과 다른 기운들을 느끼며 살았고, 만약 이걸 어기게 되면 안 좋은 일이 생겼다는 말들을 하는 겁니다. 저는 승민이의 말을 듣고 너무 어이가 없었습니다.

"승민아, 그게 말이 되냐? 아무튼 한 번만 더 이런 말 나오면 너랑 일 같이 못해. 알겠어?"

그 사건이 있고 난 뒤 아무 이유 없이 가게 매출이 떨어졌고, 저는 불안한 나머지 전체적인 옷의 위치와 그리고 마네킹 DP도 바꿔보고 손님을 끌기 위해 다양한 방법을 모색해봤지만 시간이 지날수록 매출은 더 떨어지고 말았죠.

그렇게 계속해서 적자가 났고 장사를 접을 생각까지 하고 있는데, 한날은 승민이가 이런 얘기를 꺼내더라고요.

"저, 점장님 제가 전에 말씀드린 거 있잖아요."

"뭐? 또 기운이 안 좋다는 말 하려고?"

"아, 네. 점장님이 어떻게 생각하실지는 모르겠는데요. 요즘 장사가 안 되는 이유가 아무 손님이나 다 받아서 그런 거예요."

"어휴, 승민아 옷 가게에서 손님을 가려서 받는 게 말이 되냐? 너 자꾸 이상한 말 할래?"

"네, 알겠어요. 뭐 어차피 점장님도 제 말을 안 믿으시는 것 같은데…. 저 그냥 이번 주까지만 일하고 그만둘게요."

승민이는 갑작스럽게 가게를 그만뒀고, 그 후로 몇 달이 지나 아내가 몸조리를 끝낸 뒤 다시 예전처럼 같이 일을 하고 있었습니다. 여전히 매출은 바닥이었지만, 그나마 인건비가 나가진 않으니 그럭저럭 버틸 만은 했었죠.

그런데 어느 날, 무슨 이유인지는 모르겠는데 매장으로 승민이가 찾아와 다급하게 말을 하더라고요.

"점장님, 제가 이 말씀은 꼭 드려야 할 거 같아서요."

"어? 승민아. 네가 어쩐 일이야. 왜 무슨 일이라도 있어?"

"저, 오늘 마감시간 때 남자 손님 한 명이 올 거거든요. 검은색 티셔츠를 입은 남자요. 제발 부탁드리는데… 절대 그 손님과 얘기도 하지 마세요. 이게 다 점장님을 위해서 드리는 말이에요."

그 말을 끝으로 승민이는 돌아갔습니다. 저는 뭔가 찜찜한 기분으로 일을 하다가, 그렇게 마감시간이 되어 정산을 하려고 1층으로 내려가려 할 때였습니다. 어떤 남자 손님이 들어오는데, 깜짝 놀란 건 승민이의 말대로 그 손님은 검정 티셔츠를 입고 있기 때문이었습니다.

평소 같으면 그냥 손님을 응대했겠지만, 그날따라 승민이의 말이 떠올라서 저는 조용히 1층으로 내려갔습니다. 그리고 정산을 끝내고 다시 매장으로 올라왔습니다.

저는 매장 안을 보고 경악할 수밖에 없었습니다.

매장 바닥은 온통 피칠갑이 되어 있었고, 그 피는 옆 매장에서 일하는 점장님이 흘린 피였습니다. 제가 정산을 하러 1층으로 내려갔을 때, 옆 매장 점장님이 저희 매장에 손님이 있는 걸 보고 대신 응대를 해주려고 했었답니다.

그런데 그 남자 손님이 갑자기 흉기를 꺼내 점장님을 공격했다고 하더라고요. 그 남자는 도주했고 쓰러진 점장님은 곧장 병원으로 실려가셨는데, 과다출혈에다 상처도 꽤 깊어서 긴급수술을 해야 한다는 말을 들었습니다.

그 당시 너무 충격을 받았고 그제야 느낀 건 승민이가 했던 말들이 어쩌면 헛소리가 아닐 거란 생각이 들었습니다. 만약 예전처럼 승민이의 말을 무시하고 그냥 그 손님을 응대했다면 그날 피해자는 제가 되었을 거라 생각합니다.

그리고 얼마 뒤 흉기 난동을 부린 범인은 검거가 되었습니다. 정말 다행히도 수술을 받았던 점장님은 무사하다는 소식을 들을 수 있었죠.

저는 승민이에게 고맙다는 말이라도 하고 싶어서 전화를 걸었는데… 그 사이 번호를 바꾼 건지… 그 사건 후로 승민이의 얼굴은 볼 수가 없었습니다.

지금 생각해도 승민이가 말한 안 좋은 기운들에 대해선 명확히 어떤 건지는 저도 잘 모르겠지만, 뭔가 일반인들이 느끼지 못하는 기운들은 분명 존재한다고 믿게 되었습니다.

그리고 마지막으로 저는 승민이에게 꼭 하고 싶은 말이 있습니다. 의심해서 미안했고 도와줘서 고마웠다고 꼭 말해주고 싶습니다.

사직동 지하 커피숍

안녕하세요. 저는 양산에 살고 있는 40대 여성입니다. 오늘 제보하려고 하는 일은 제가 부산에 살고 있을 때, 1995년도에 일어난 일로 기억합니다. 지금까지 살면서 겪어본 일들 중에 가장 기묘하면서 무서웠던 경험인데, 아직도 그때 일들은 생생하게 기억이 납니다.

그 당시 저는 용돈벌이도 할 겸 여름방학 때마다 줄곧 아르바이트를 했습니다. 사건이 일어났던 시기도 여름방학 때였습니다.

저는 이곳저곳을 돌아다니면서 아르바이트 자리를 찾고 있던 중이었죠. 그 시기는 인터넷으로 구인구직이 불가능했던 터라 각종 전단지 또는 신문을 보고 일자리를 구해야만 했습니다.

그렇게 한참을 살펴보다 마침 마음에 드는 자리가 눈에 보였습니다. 저는 서둘러 가게를 찾아갔죠. 그곳은 부산 사직동 부근에 위치한, 꽤 오래되어 보이는 지하 커피숍이었습니다. 유독 가게 간판이 을씨년스러울 정도로 낡아 보였습니다. 제가 들어가서 말했습니다.

"저… 사장님 계세요?"

"네, 무슨 일이에요?"

50대로 보이는 커피숍 여사장님께 간단한 면접을 보고 나서, 오전 9시부터 저녁 7시까지 근무를 하기로 했습니다.

저녁 타임 알바자리는 아직 공석이어서 처음엔 7시가 아닌 밤 10까지 일을 해야 했습니다. 그리고 커피숍 바로 옆 건물은 햄버거를 파는 음식점이었는데, 건물 구조상 옆 건물과 화장실을 공용으로 써야 하는 특이한 구조였습니다. 그러다 보니 옆 가게에서 일하는 알바생과 자연스레 친해질 수밖에 없었습니다. 마침 또 저와 비슷한 또래라 금방 가까워질 수 있었죠.

그 당시 저는 출근하자마자 바닥 청소를 하는 게 루틴이었는데, 커피숍 바닥이 예전 학교 교실에 있는 마룻바닥 같은 재질이라 사람이 걸을 때마다 조금씩 잡음이 나는 편이었습니다.

하루는 사장님이 볼일을 보러 나가셔서 저 혼자 커피숍에 있을 때, 어디서 자꾸만 발걸음 소리가 들리는 겁니다. 분명 사람이 걸어 다니는 소리였고, 그때는 가게 손님도 없을 때라 크게 당황했습니다.

이런 일은 이후로도 몇 번 더 생겼습니다. 하지만 꼭 저 혼자 있을 때만 일어나다 보니, 사장님께 말씀드리기도 그렇고 그냥 커피숍 시설이 오래돼서 그런가 보다 하고 단순하게 생각했습니다.

며칠 뒤 사장님이 조금 늦는다고 해서 제가 직접 가게 문을 연 적이 있었습니다.

그런데 커피숍 카운터에 희미한 사람 형체가 보이더라고요. 자세히 보니 어떤 여자가 허공을 보고 가만히 서있는 모습이었습니다. 분명 사장님은 늦게 오신다고 하셨고, 제가 문을 열었기 때문에… 가게 안에 사람이 있다는 것 자체가 말이 안 되는 상황이었습니다. 가게 불을 켜는 스위치가 카운터 아래쪽에 있는데, 그

정체를 알 수 없는 여자 때문에 무서워서 들어갈 수가 없겠더라고요.

그래서 옆 가게에 일하는 알바생에게 부탁을 했습니다. 그 알바생과 커피숍으로 다시 들어갔는데, 방금 전까지 서있었던 여자의 모습은 사라진 상태였습니다. 그렇게 가게 불을 켜고 나서 옆 가게 알바생은 본인 일을 하러 나갔습니다.

그런데 저 혼자 커피숍에 있자니 이상하게 등골이 오싹해지면서 자꾸만 소름이 돋는 겁니다. 도저히 이대로는 안 되겠다 싶어서 음악이라도 들으면서 청소를 하려고 오디오를 틀었는데, 평소에는 아무 문제 없던 오디오가 그날따라 작동을 하지 않더라고요.

그때 왜 그런 생각이 들었는지는 모르겠지만, 여기서 혼자 있으면 안 될 것 같다는 느낌이 강하게 들었습니다.

저는 급한 대로 집에서 쉬고 있던 여동생을 부르기로 했습니다. 동생은 귀찮다면서 제 말을 듣지 않았고, 어쩔 수 없이 제 월급을 반이나 나눠주겠다고 하니 그제야 알겠다고 가게로 찾아왔습니다.

저는 동생에게 혼자 있기 무서워서 그러니까 당분간 출퇴근만 같이하자고 부탁을 했고, 며칠간은 동생과 둘이 있어서 그런지는 모르겠지만 이상한 형체가 보이는 일은 더 이상 일어나지 않았습니다.

그렇게 한동안은 순조롭게 지나갔었고 얼마 뒤 저녁 타임을 담당하는 새로운 알바생이 들어와, 저는 오후 5시까지만 일을 하고 퇴근을 할 수 있었죠. 신입 알바생의 이름은 정아였고, 나이는 저보다 한 살 아래였는데 누가 봐도 굉장히 밝은 성격의 소유자였습니다.

그런데 문제는 정아가 일을 한지 아마 일주일 정도 지났을 때였죠.

저는 퇴근 준비를 하고 있었고 정아는 이제 막 출근을 해서 가게 정리와 청소를 하고 있었는데, 그때 정아가 저한테 다가오더니… 갑자기 이런 말을 하는 겁니다.

"언니, 좀 전에 창고 근처에서 뭐 하고 있었어요?"

저는 퇴근 준비를 하고 있었고 더구나 다용도실로 쓰이는 창고는 그 시간에 갈 일이 없었기 때문에 아니라고 했습니다. 그랬더니 정아의 얼굴이 좀 굳어지기 시작하더라고요. 뭐랄까…. 겁에 잔뜩 질린 얼굴이었는데…. 그걸 보니 저는 이전에 겪은 일들도 생각나고 덜컥 겁이 나는 마음에 일단 정아에게 무슨 일이냐고 물어봤죠. 그러자 힘겹게 말을 해주는데… 그 내용은 이랬습니다.

정아가 바닥 청소를 하고 있는데… 어디선가 발걸음 소리가 나서 주변을 살펴보니, 커피숍 창고 근처에서 누가 돌아다니는 소리가 나더랍니다. 그래서 확인을 해봤더니 아무도 없었다는 것이었습니다. 그런데 글쎄… 창고 안에서 이상한 악취가 진동을 했다고 합니다. 이게 커피향이 아니라… 소름 돋게도 피비린내와 흡사한 냄새라고 했습니다.

저도 그동안 일을 하면서 피 냄새라고는 전혀 맡아보지 못했던 터라… 정아의 말을 완전히 믿을 수는 없었습니다. 하지만 발걸음 소리는 저도 자주 들었기 때문에, 지금까지 제가 들었던 소리가 단순히 잘못 들은 게 아니라는 생각이 더욱더 확고해져 버렸습니다. 그렇게 찜찜한 상태로 저는 퇴근을 했습니다.

다음날 출근해서 일을 하고 있는데, 정아가 출근시간도 아닌 엄청 이른 시간에 가게를 찾아왔었습니다. 평소와 다른 너무 어두운 정아의 표정에 놀란 제가 물었습니다.

"어…? 정아야, 네가 이 시간에 어쩐 일이야? 무슨 일 있어?"

"아… 언니, 저 그만둬야 할 것 같아서요. 사장님께 말씀드리러 왔어요. 너무 죄송해요."

저는 정아를 불러 갑자기 왜 그만두려고 하는지 이유를 물었지만, 이렇다 할 속 시원한 대답은 듣지 못했습니다. 정아는 단지 개인적인 집안 사정이 있다고만 말했습니다. 정아는 사장님에게 일을 그만두겠다고 말씀드렸고, 마지막 정리를 한 뒤에 제게 마지막 인사를 하러 왔습니다.

그때 문득 이런 생각이 들더라고요. 제가 카운터에 봤던 이상한 형체를… 혹시 정아도 본 건지…. 저는 정아를 붙잡고 단도직입적으로 물었습니다.

"정아야. 너… 여기서 이상한 거 보지 않았어? 솔직하게 말해봐. 나도 본 적 있거든…."

제가 먼저 이렇게 말을 꺼내면서 정아와 잠깐 대화를 나눴는데…, 역시 제 예상대로 어떤 여자의 형체를 봤었다고 하더라고요. 이런 얘기를 하면 아무도 믿어주지 않을 것 같았고, 그렇다고 그냥 일을 하기에는 또 너무 무섭고…. 그래서 고민 끝에 일을 그만두기로 결정했다는 말이었습니다.

둘이 이런 얘기를 하고 있는데… 그때 사장님이 저희에게 오셨습니다. 저는 이왕 이렇게 된 거 지금까지 목격한 일들을 모두 다 사장님께 말씀드렸습니다. 사장님은 의아하다는 표정을 지으면서 제 말을 믿지 않으셨습니다. 사장님은 독실한 기독교 신자라서 이런 기묘한 현상들을 믿지 않으셨고, 저희가 아무리 설명을 해도 그런 일은 있을 수가 없다고 하시더라고요.

정아는 그렇게 일을 그만뒀습니다. 저도 당장이라도 일을 그만두고 싶었지만, 그러기엔 너무 무책임하다는 생각이 들어 방학이 끝날 때까지만 참고 일을 했습니다.

그런데 여기서 정말 의문으로 남았던 건, 일을 그만둔다고 돌아갔던 정아가… 갑자기 어디로 사라진 건지 행방이 묘연해졌다는 것이었습니다. 사장님께 그만둔다고 말하고서 가게를 나갔는데, 그 뒤에 정아 어머니가 가게로 찾아와 정아가 사라졌다며 소식을 묻고 다녔던 적도 있었죠. 지금까지도 정아의 행방은 아직도 미스터리로 남아있습니다.

그렇게 얼마 뒤 방학도 끝이 나고 다시 일상생활을 하고 있었는데, 커피숍 옆 건물 햄버거집에서 일하던 알바생을 우연히 길에서 만날 수가 있었죠. 서로 근황을 물어보고 이런저런 대화를 하다가, 제가 일했던 커피숍 얘기가 나왔습니다. 그때 알바생 표정이 싹 바뀌더니 제가 미처 몰랐던 충격적인 말을 털어놓았습니다.

그건 커피숍의 실체였습니다. 그 알바생도 자신이 다니던 가게 사장님께 들은 내용이라고 하더라고요. 그러니까 햄버거 가게 사장님은 여기에 커피숍이 생기기 전부터 일을 했었는데, 원래는 커피숍이 아니라 술을 파는 호프집이었다고 합니다. 호프집은 여사장님 혼자서 운영을 하셨는데, 어느 날 술 취한 손님 하나가 들어와 사장님을 의도적으로 괴롭히면서 치근덕거리는 일이 있었다고 했죠. 그러다 다툼이 벌어졌고, 화가 난 손님은 여사장님 머리를 흉기로 내리쳤습니다. 결국 119에 실려 갔지만, 과다출혈로 인해 사망했다는 겁니다. 정말 오래전이라 CCTV도 없어서 범인은 잡지 못했고, 그렇게 사건은 흐지부지 묻혔다는 끔찍한 이야기였습니다.

저는 이 이야기를 듣고 나니… 제가 목격했던 여자의 형체는 그때 돌아가신 여사장님의 혼령이 아니었을까 하는 생각이 들었습니다. 너무 충격이기도 하고, 한편으로는 안타깝기도 하더라고요. 벌써 세월이 꽤 지난 오래전의 일이지만 제가 그때 느꼈던 섬뜩한 감정들은 아마 평생 기억에 남을 것 같습니다.

합천댐 차박

안녕하세요. 대구에 거주하는 20대 후반의 여성입니다. 제가 경험한 일은 남자친구와 차박을 하다가 겪은 일인데, 그 당시 너무 소름 끼쳤던 사건이라 제보하게 되었습니다.

2년 전, 지금은 헤어졌지만 당시 네 살 연상의 남자친구와 교제를 할 때였습니다. 남자친구의 취미는 캠핑과 차박 같은 야외활동이었고, 그 덕에 틈날 때마다 남자친구를 따라다니곤 했죠. 그러다 두 번 다시 잊지 못할 무서운 경험을 하고 말았습니다.

사건이 있던 그날 저는 남자친구와 함께 경남 합천댐 근처에서 차박을 하기로 약속했습니다. 대구에서 그리 먼 거리는 아니어서 대략 1시간이 조금 넘어 목적지에 도착을 했습니다.

"오빠, 여기서 차박을 한다고?"

"왜? 맘에 안 들어? 그래도 여기가 차박으론 나름 유명한 곳이야. 가족끼리도 많이 오고 그래."

"아, 그래? 주변이 너무 휑해서 그냥 물어본 거야…."

이곳을 표현하자면 말 그대로 아무것도 없는 노지여서 저는 다소 실망했습니다. 하지만 주변에 강이 있어서 전망이 정말 좋았습니다. 저희가 방문했을 때는 주차장을 전세 낸 것처럼 아무도 없기도 했고요. 5분 거리에 화장실이 있다는 점도 좋았습니다. 아무튼 모처럼만의 여행이니 좀 불편한 점이 있어도 그냥 즐기기로 생각했죠. 그렇게 남자친구와 라면도 끓여먹고 커피도 한잔하면서 시간을 보냈습니다.

사건은 그날 밤에 일어났습니다. 밤 10시에서 11시 사이로 기억합니다. 저희는 차 안에서 고스톱을 치고 놀고 있을 때였죠.

"은정아, 나 화장실 좀 다녀올게."

"응, 알겠어. 조심히 다녀와."

고스톱을 치고 있다가 남자친구가 화장실이 급하다며 다녀온다고 하길래 저는 차 안에서 남자친구를 기다리고 있었습니다. 그런데 남자친구가 화장실로 간 지 30분이 다 되도록 돌아오지 않았습니다. 하필 휴대폰도 두고 갔던 터라 연락할 방법도 없었죠.

"설마, 무슨 일 생긴 건 아니겠지…?"

저는 남자친구를 찾으러 화장실 쪽으로 걸어가는데, 절대 그럴 리가 없겠지만… 남자친구에게 안 좋은 일이 생긴 것 같다는 그런 불길한 느낌이 자꾸만 들었습니다.

공용화장실 앞에서 화장실 안을 향해 남자친구 이름을 여러 번 불렀는데, 끝내 대답이 없더라고요. 화장실로 가려면 이 길밖에 없어서 서로 엇갈리는 건 말이 안 되는 거고. 만약 남자친구가 화장실에 없다면… 이건 무슨 일이 생긴 거라고도 볼 수 있었습니다.

저는 너무 급한 나머지 남자화장실로 들어가 확인을 했습니다. 제 불길한 예상은… 어느 정도 맞아떨어졌죠. 화장실에 남자친구는 없었고, 이 밤중에 어디 갈 곳도 없는데…. 너무 극단적일 수도 있지만, 괴한에게 습격을 당했을 수도 있을 거란 무서운 생각까지 들었습니다.

저는 급히 112에 신고를 했습니다. 잠시 뒤 경찰이 도착했고 저는 자초지종을 설명했습니다. 그런데 그때 남자친구가 숨을 헐떡이면서 화장실 쪽이 아닌… 전혀 다른 방향에서 나타나 저를 보고 뛰어오는 거였습니다.

"어떻게 된 거야…? 왜 거기서 나와?"

"아… 미안. 누가 좀 도와달라고 해서…. 근데 무슨 일 있어?"

"어휴, 무슨 사고라도 난 건 줄 알고 내가 경찰에 신고했어."

그렇게 남자친구의 화장실 사건은 단순 해프닝 정도로 마무리되었습니다. 경찰분들은 돌아가고, 저는 남자친구와 차로 돌아왔습니다.

"오빠, 솔직하게 말해봐. 뭐 하다가 이제야 온 건데?"

그러자 남자친구는 한참 뜸을 들이더니 천천히 말하더라고요.

"아니… 화장실에서 볼일을 보고 나오는데, 어떤 중년 부부로 보이는 사람들이 자꾸만 도와달라고 사정을 하는 거야. 그래서 따라갔는데… 계속 이상한 곳으로 올라가길래… 내가 그냥 내려가겠다고 말했거든…. 그런데 방금까지 내 앞에서 걸어가던 그 중년 부부가 갑자기 안 보이는 거야. 진짜 뭐에 홀린 것처럼 너무 이상해서 그냥 내려가고 있는데⋯ 길이 좀 이상하더라고⋯. 그게⋯ 같은 곳을 계속 맴돈다고 해야 되나⋯? 믿기 힘들겠지만 그게 다야⋯."

남자친구는 본인도 왜 그런 현상을 겪었는지 이해를 할 수가 없다는 말만 반복했고, 그날 밤은 알 수 없는 의문만 남긴 채 그렇게 지나갔습니다.

그리고 날이 밝자마자 짐을 챙기고 돌아갈 준비를 하고 있는데, 그날따라 남자친구의 표정이 평소와 다르게 좀 어두워 보이더라고요.

"무슨 걱정이라도 있어?"

"그게 아니라⋯ 어제 일이 계속 생각이 나서⋯. 그⋯ 도와달라던 중년 부부 말이야. 엄청 다급해 보였거든. 그냥 도와주고 올 걸 그랬나⋯. 하, 진짜 찜찜하네⋯."

남자친구는 어제 일이 계속 기억에 남았는지⋯ 중년 부부가 걸어갔던 그 길로 다시 한번 가보자고 하더라고요. 저는 그냥 돌아가자고 했지만 남자친구가 끝내 고집을 부리는 바람에 할 수 없이 따라가게 되었죠.

저희는 화장실을 지나쳐 한참을 올라가다 보니 낚시 포인트가 나왔고, 그곳에는 아저씨들 여럿이 낚시를 하고 계셨습니다. 길이 험해서 만약 밤길에 여길 왔었다면 큰 사고가 날 뻔한 위험한 곳이었어요.

"와, 진짜 다행이다…. 어젯밤에 올라왔으면… 하, 생각만 해도 끔찍하네."

"거봐. 아무나 도와준다고 따라가면… 진짜 큰일 나는 세상이야."

남자친구와 그런 이야기를 하면서 다시 차가 있는 곳으로 내려왔습니다.

그런데 남자친구 차 옆에 어떤 아저씨가 서서 차 안을 살펴보면서 기웃거리고 있더라고요.

"저기요, 누구신데 남의 차를 보고 계세요?"

모르는 아저씨가 다행이라는 표정으로 우리를 바라보며 말했습니다.

"아, 이 차 주인이야? 난 또 무슨 일 있는 줄 알았지…."

"네? 그게 무슨 말씀이세요?"

"자네는 뉴스도 안 봐? 여기서 사고가 있었잖아…. 글쎄, 차에서 잠을 자다가 사람이 죽었다고 하더라고…. 가스에 질식했다고 들었는데, 어쨌거나 자네도 조심해."

아저씨는 그렇게 가버렸고 저는 아저씨의 말대로 뉴스 기사를 검색해 봤더니, 2021년 겨울 합천댐 근처에서 한 중년 부부가 차에서 잠을 자다 일산화탄소 중독으로 사망했다는 기사가 나와 있었습니다. 난방기구의 LP가스가 원인이라고 하는데, 일행 3명 중 부부만 참변을 당했다는 안타까운 소식이었죠.

남자친구와 저는 너무 소름이 끼치고 무서워서 곧장 출발했습니다. 집으로 가면서도 무서운 생각이 들었습니다.

이건 제 생각인데… 남자친구에게 도움을 요청했던 건 살아있는 사람이 아니라, 이미 고인이 된 중년 부부가 아니었을까… 그런 생각까지 들더라고요.

왜냐하면 남자친구가 올라갔던 그 길은 아무리 봐도 밤중에 다니기는 힘든 길이었고, 그 낚시터에서도 그 중년 부부처럼 보이는 다른 사람은 전혀 없었기 때문이죠.

사고로 돌아가신 분들은 너무 안타깝지만… 어떤 이유로 그날 밤 남자친구 앞에 나타났던 건지, 지금까지도 밝혀지지 않은 기묘한 이야기입니다.

그 뒤로 남자친구와는 1년 더 만나다 헤어지게 되었지만, 그날 합천댐에서 겪은 일들은 평생 잊을 수 없는 추억이 되어버렸습니다.

강원도 황토민박

2018년 8월 굉장히 무더운 날이었던 것으로 기억합니다. 지금은 헤어졌지만 당시 1년간 만난 여자친구가 있었고, 여름휴가차 강원도로 여행을 가게 됐죠.

사실 일정에 없는 계획이었고 갑작스럽게 회사 휴가 날짜가 변경이 되어 급하게 떠난 여행이었습니다. 2박 3일 일정이었는데 시간 관계상 먼 거리는 힘들다고 판단하고 비교적 서울에서 가까운 강원도로 가게 되었던 거죠.

8월 초면 말 그대로 성수기 중에서도 극성수기였는데, 많고 많은 펜션이나 민박 중에 예약 없이 들어갈 수 있는 방이 있을 거란 안일한 생각을 가지고 있었습니다. 하지만 당일 예약을 받아주는 곳은 찾기가 힘들었습니다.

정 안 되면 모텔이라도 들어가자고 막연하게 생각하고 있었죠. 여자친구와 숙박시설을 둘러보다 마지막으로 한 곳만 더 가보자고 이야기를 나눴는데, 마침 검은색 글씨로 민박이라고 적힌 간판을 찾아냈습니다. 꽤 낡아 보였지만 어쩔 수 없었죠.

하지만 이곳도 역시 예약이 다 되어 방이 없다는 이야기를 듣고 민박집을 나오려고 하는데, 민박집 주인아저씨가 저를 부르더군요.

"이봐, 총각. 여기 해변 근처는 방 구하기가 힘들 거야. 내가 아는 곳이 있는데 소개해줄까?"

주인아저씨는 황토로 지어진 민박집인데 해변가는 아니지만 시골스러운 풍경에 조용하게 묵을 수 있는 곳이 있다고 했습니다. 게다가 생각 있으면 그곳까지 데려다주겠다고 하는 겁니다. 솔직히 저나 여자친구도 모텔에서 숙박하면서 휴가를 보내는 것보다 펜션이나 민박집에서 고기도 구워 먹고 여행다운 여행을 즐기러 온 거라 큰 고민 없이 알겠다고 대답했습니다.

잠시 후 저희는 주인아저씨 트럭을 타고 대략 20분가량 이동했습니다. 도착한 곳은 한적한 시골 풍경이 보이는 민박집이었습니다. 민박집 외관은 황토로 지어진 기와집처럼 보였는데, 공용 주방에는 옛날 아궁이가 보였고 화장실은 외부에 설치되어 있는, 말 그대로 옛날 시골집 느낌이었죠.

여자친구 표정을 봤더니 썩 내키지 않아 하는 것 같았지만 조금만 있으면 어두워지기도 하고, 주인아저씨가 여기까지 데려다주시기까지 했는데 이제 와서 돌아가자고 말하는 것도 예의가 아닌 것 같아 그냥 묵기로 결정을 내렸습니다.

저희는 황토 민박집으로 들어갔습니다. 성수기임에도 불구하고 하루 5만 원이라는 저렴한 가격인 게 너무 놀라웠죠. 여기 민박집 사장님은 60대 정도로 보이는 아저씨였습니다. 부담스러울 정도로 친절하게 대해주시더군요. 어느 정도였냐면 저희가 숙소에서 쉬고 있는데 갑자기 노크를 했습니다.

"별일 없죠? 뭐 필요한 거 있으면 언제든 이야기해요."

이런 식으로 가끔 찾아와서 말을 건네는 겁니다. 그때까지는 정말 친절한 사장님이라고만 생각했죠.

민박집은 1번 방부터 6번 방까지 있었는데 1, 2, 3번 방은 나란히 붙어있고, 맞은편에 4, 5, 6번 방이 있는 구조였습니다. 저희는 2번 방으로 들어갔습니다.

잠시 후.

방 안에서 이상한 걸 목격하게 되었죠.

여자친구가 물을 마시다 물병을 바닥에 떨어뜨려 장판 속으로 물이 스며들었는데, 그냥 두게 되면 곰팡이가 생길 수도 있으니 서둘러 닦으려고 장판을 들어 올렸습니다.

장판 바닥에 수십 장의 부적이 붙어있었습니다. 보자마자 할 말을 잃고 말았습니다. 평소 미신을 믿지 않는 편이었고 부적에 대해서 잘 모르지만, 뭔가 느낌이 안 좋다는 생각은 떨칠 수가 없었습니다.

그리고 제 예상대로 그날 밤 정말 소름 끼치는 경험을 하게 되었죠.

여자친구와 바비큐 파티를 하고 나서 정리를 끝낸 시간이 밤 10시 정도였는데, 오전 일찍부터 돌아다녔던 탓인지 너무 피곤

하더라고요. 여자친구도 일찍 자고 싶다고 해서 저희는 씻자마자 11시 정도에 잠이 든 것으로 기억합니다.

한참 자고 있는데 옆방에서 쿵… 쿵… 하는 이상한 소리가 들리는 겁니다. 말로 옮기자면 주먹으로 벽을 두드리는 소리라고 생각하시면 될 거예요.

"뭐야…. 무슨 소리지…?"

여자친구는 피곤했는지 그냥 자고 있었고, 저도 신경 쓰지 않고 다시 자려고 누웠죠.

그런데 또 다시 쿵… 쿵… 누가 벽을 치는 소리가 나더군요. 이번에는 앞 전 소리보다 훨씬 컸고 여자친구도 깜짝 놀라면서 일어났죠. 아까 말씀드렸듯이 1, 2, 3번 방이 나란히 붙어있는 구조라 저희가 2번 방에서 묵었기 때문에, 이 소리가 1번 방에서 나는지 아니면 3번 방에서 나는지는 알 수가 없었습니다.

그렇게 여러 차례 시끄러운 소리가 들리다 갑자기 이상할 정도로 조용해지더군요. 만약 계속해서 소리가 났다면 민박집 사장님께 말씀드리려던 생각이었는데, 그 후로 더 이상 소리는 들리지 않았습니다. 저희는 잠에서 깬 탓에 다시 자려고 누웠지만 쉽게 잠이 오지 않았고 한참을 뒤척거리다 겨우 잠이 들게 되었죠.

그리고 아침이 되니 문밖에서 이상한 소리가 들리더군요. 저는 문을 열고 밖으로 나가봤더니, 민박집 사장님은 바닥에 주저앉아 있고 3번 방 문이 열려있는 겁니다.

"사장님 괜찮으세요? 무슨 일 생겼어요?"

그때 무심코 3번 방 안을 보게 되었는데 너무나 충격적인 모습을 보고 말았죠. 방안에는 두 명의 여성분이 목에 밧줄을 맨 상태로 극단적인 선택을 한 모습이었습니다. 너무 무섭고 손이 떨려서 제대로 쳐다보지도 못하고 얼른 112에 신고를 했죠. 그렇게 사고는 수습되었습니다.

저는 민박집 사장님께 끔찍한 이야기를 듣게 되었습니다. 10년 전쯤 사장님이 민박집을 운영한 지 얼마 되지 않았을 때 손님 중 한 분이 극단적인 선택을 하셨다고 합니다. 그것도 3번 방에서 말이죠.

그 일 때문에 너무나 힘드셨다고 하는데 그게 끝이 아니었다고 하더군요. 그 사건이 있고 나서 민박집에 놀러 오는 손님 중 극단적인 선택을 하려는 사건들이 몇 차례 있었답니다.

민박집 사장님이 알아본 바로는 민박집 위치가 조용한 변두리에 위치하고 있기도 하고, 결정적으로 SNS에서 이곳은 사후세계로 갈 수 있는 장소라고 이상한 소문이 돌고 있었다고 했습니다. SNS를 보고 방문한 젊은 친구들이 자주 들른다고 했고 사장님은 혹시라도 일어날 수 있는 불상사를 막기 위해 수시로 방마다 확인하신다고 하셨죠.

그래서 지금까지 위험한 상황을 막을 수 있었는데, 어제는 너무 피곤해서 새벽시간 순찰을 돌지 못했고, 눈을 뜨자마자 방마다 체크를 했더니 3번 방에서 여성분 두 분이 싸늘한 시신으로 발견되었다는 이야기였습니다.

사장님 말을 듣고 나서 확실하게 알 수 있었던 건 어제 옆방에서 쿵… 쿵… 들리던 소리는 고인 두분이 극단적인 선택을 하면서 괴로움에 몸부림을 치다 발로 벽을 차던 소리였던 거죠.

너무 무섭고 안타까우면서도 왜 그런 짓을 하는지 이해할 수가 없었습니다. 물론 각자의 개인 사정이 있겠지만요. 저희는 2박을 지낼 생각으로 왔지만 그 일을 겪고 나서 곧장 짐을 챙겨 나왔습니다.

저는 집으로 도착해서 사건에 관련된 기사를 찾아봤지만 아무리 찾아봐도 찾을 수가 없었습니다. 이 정도 사건 이면 분명 뉴스에 나와야 되는데 그 부분도 이해가 가지 않더군요.

이 사연을 보내면서 거리뷰 확인을 했더니 현재 그곳은 폐업을 하고 철거된 상태였습니다. 참고로 제가 묵은 2번 방에서도 무슨 일이 있었는지는 확인할 길이 없고 장판 밑에서 봤던 수많은 부적은 아직도 의문으로 남아있습니다.

만약 그날 새벽 벽을 두드린 게 살려달라는 시그널이 아니었을까 하는 생각도 들고 제가 사장님을 찾아가 말씀드렸다면 결과가 달라졌을지도 모르겠네요. 벌써 5년이나 지났지만 3번 방에서 봤던 고인의 모습은 평생 잊을 수가 없습니다.

펜션이나 민박에서 숙박을 계획한 사람이라면 장판이나 벽지 속을 한번 확인해보는 것도 좋을 것 같다는 생각이 듭니다.

강원랜드 귀신

　이 이야기는 지금으로부터 5년 전, 제가 스물두 살 때 있었던 일인데 지금 생각해도 정말 소름이 돋는 일입니다.
　그 당시 장거리 연애를 하고 있었는데, 여자친구는 대전에 살고 있었고 저는 강원도에 거주를 하고 있었기 때문에 매주 주말마다 만나서 데이트를 했습니다. 토요일 오전에 만나 일요일 저녁까지 시간을 보내다 헤어졌는데, 어느 날 집으로 올라가던 중 아주 섬뜩한 경험을 하게 되었죠.

원래는 호법분기점으로 와서 원주 방면으로 지나 집으로 가는데, 그날따라 내비게이션이 이상한 겁니다. 평소에 가지도 않던 길인 제천 인제 방면으로 안내를 하더라고요. 그 길은 정선을 지나 태백을 거쳐 가는 길인데, 혹시 해가 지고 난 뒤 가보신 분들은 아시겠지만 유난히 무서운 분위기가 느껴지는 길입니다.

특히 태백 통리재를 내려오는 길은 밤에 안개라도 끼면 앞도 잘 안 보이고 거기다 도계까지 내려오는 그 엄청난 구부렁길을 운전해야 해서 웬만하면 잘 다니지 않았죠.

일단 이쪽 방면으로 와버린 상황이고 저는 어쩔 수 없이 내비게이션에 의지해서 천천히 운전을 할 수밖에 없었습니다.

그런데 문제는 여기서 생겼습니다. 제가 평소에 컨디션이 안 좋거나 그럴 때면… 뭐라 말해야 할지…. 약간 투명한… 사람도 아닌 그렇다고 귀신 형상도 아니고…. 아무튼 알 수 없는 이상한 형체가 보일 때가 종종 있습니다. 매번 그러는 건 아닌데 가끔 가다 이런 증상들이 나타났고, 딱히 일상생활을 하는 데는 지장이 있을 정도는 아니라 크게 신경을 쓰지 않고 지내고 있었습니다.

한참 운전을 하다 아마 정선쯤 왔을 때였는데 갑자기 소변이 마려워 참다 참다 도저히 안 되겠다는 생각에 급하게 차를 갓길에 세우고 볼일을 봤습니다. 그때가 7월 중순이라 굉장히 무더운 여름이었는데, 갑자기 등 뒤로 뭔가 서늘하고 소름 끼치는 그런 차가운 느낌이 드는 겁니다. 말씀드렸지만 제가 몸이 힘들면 가끔 이런 증상도 느끼는 편이라 얼른 집으로 가야겠다는 생각밖에 들지 않았었죠.

그런데 뒤를 돌아 차에 타야 하는데, 왠지 뒤를 쳐다보면 안 될 것 같은 이상한 기분이 자꾸만 들었습니다. 그래서 그 순간 떠올린 방법은 뒷걸음질이었고, 모양새가 좀 웃길 수도 있지만 뒷걸음질로 천천히 운전석 쪽으로 가고 있었습니다. 그때 저와 5미터 정도 떨어진 위치에 담배를 태우고 있는 남자 하나가 보이더라고요. 어두운 도로변이어서 또렷하게 보이는 건 아니었지만 생각보다 가까운 거리였기에 눈에 들어올 수밖에 없었습니다. 그걸 보고 사람을 만났다는 안도감 때문인지 모든 긴장이 풀려버렸고 저는 그제야 운전석으로 가서 문을 열었습니다.

그런데 갑자기 담배를 피우던 남자가 저를 향해 미친 듯이 뛰어오는 겁니다. 무슨 이유인지는 모르겠지만 그 남자가 뛰어오는 모습을 보니 이게 직감적으로 위험하다는 생각이 들더군요.

그래서 급히 차에 타자마자 시동을 걸고 출발을 하는데, 문득 백미러로 뒤를 쳐다봤더니 남자는 그 자리에서 멍하니 서 있는 겁니다.

"아… 깜짝 놀랐네…. 술 취한 사람인가?"

그런데 운전을 하다 문득 생각이 들었습니다. 분명 남자가 차도에서 담배를 피우며 서있었는데, 아무리 봐도 그 남자의 차가 보이지 않았다는 게 너무 이상했습니다. 그 길은 사람이 걸어올 길도 아니었고, 그렇다고 택시를 이곳까지 불러서 갈 수도 없는 길이었기 때문에 아무리 생각해 봐도 이해가 가지 않던 상황이었죠. 그런 생각이 꼬리에 꼬리를 물다 보니 그곳에서 있었던 모든 일들이 정말 소름 돋을 정도로 무서워지는 겁니다.

그래서 태백 황지동쯤 왔을 때 아침 출근이고 뭐고 태백에 사는 삼촌에게 전화를 드려 하룻밤만 재워달라고 부탁을 드렸었죠.

"삼촌, 저 민성인데요. 정말 죄송한데… 오늘 하룻밤만 재워주세요."

"민성이니? 이 시간에 무슨 일이야?"

"아… 제가 가서 천천히 말씀드릴게요."

"그래, 알았어. 운전 조심하고 천천히 와라."

삼촌도 겁에 질린 제 목소리를 눈치채셨는지 더 이상 캐묻지 않고 곧장 집으로 오라고 하셨습니다.

그렇게 겨우 삼촌 집에 도착을 했습니다. 삼촌은 제 얼굴을 보더니 도대체 무슨 일이 있었냐고 깜짝 놀라시더라고요. 저도 뒤늦게 알았지만 그 당시 제 얼굴이 창백할 정도로 하얗게 질려 당장 쓰러져도 이상하지 않을 정도로 심각해 보였다고 하셨죠.

그래서 삼촌에게 사북에서 정선으로 넘어오는 도중 제가 경험한 일들을 상세히 말씀드렸습니다.

"음… 나도 가끔 듣긴 했는데…. 거기가 밤에 차도 없고 한적한 도로라 헛것을 보는 사람이 많다고 하더라고."

"아니, 삼촌…. 분명히 어떤 남자가 담배를 태우다가 갑자기 저를 발견하고 뛰어왔다니까요."

분명 제가 잘못 본 게 아니어서 억울한 마음으로 삼촌에게 말씀드렸습니다. 제 말을 한참 듣고 있던 삼촌이 옛날에 있었던 아주 섬뜩한 이야기를 하나 해주셨죠.

삼촌은 제가 차를 세운 곳이 정선 카지노 근방이라고 말씀하셨습니다. 그곳 강원랜드에서 있었던 일이라고 하더라고요. 현재는 카지노에 출입 회수 제한을 두면서 많이 사라졌다고 하는데, 카지노에서 돈은 물론 집과 차량까지 잃고 극단적인 선택을 하는 경우가 꽤나 많았다고 합니다.

삼촌이 알고 있던 가장 최근의 일은 그리 오래되지는 않았다고 들었는데, 아마 2013년쯤이라고 기억을 하셨죠. 삼촌이 건너 건너 아는 지인 중에 카지노에 빠져 전 재산을 탕진하고 빚더미에 앉은 남자가 한 명 있었다고 합니다. 그 남자는 많은 재산을 가지고 있었던 사람인데, 처음에는 단순 재미로 즐겼지만 점점 중독에 가까운 상태가 되었다고 했죠.

결국 도박에 빠져 하던 일도 그만두고 심지어 사채까지 끌어쓰면서 남자는 도박에 빠져 살았다고 하더라고요.

여러분도 잘 아시다시피 극소수를 제외하면 도박은 하면 할수록 돈을 잃게 되는 구조인데, 거기다 감당하기 힘든 사채 이자까지 눈덩이처럼 불어나니 가족들에게 생활비는 고사하고 오히려 돈을 뺏어가는 상황까지 오고 말았답니다.

남자는 중독 증세가 심해지자 가족들과 합의하에 치료를 시작했지만 얼마 못 가 다시 도박에 손을 댔고, 결국 가정의 불화에 시달리다 모든 게 깨질 위기였다고 했죠.

그렇게 사채업자들에게 매일같이 빚 독촉을 받던 남자는 어느 날 더 이상 버티지 못하고 카지노 근처 모텔에서 숨을 거둔 채 발견이 되었다고 합니다.

남자가 사망하기 전 음성녹음을 남겼다는데, 그 내용이 카지노에 오려는 사람은 내가 죽어서도 막을 거라는 그런 절실한 내용의 메시지라고 하더라고요.

카지노에서 수많은 돈을 잃고 빈털터리가 되면 카지노 측에서 차비 명분으로 소량의 돈을 조금 준다고 합니다. 밥 먹고 차비라도 쓰라는 최소한의 예의인 것이겠지요. 하지만 그 돈을 받은 사람들은 그 돈으로 술을 먹고 도로에 뛰어든다든지 아니면 근처 모텔에 가서 극단적인 선택을 하는 경우가 많다고 하더군요.

삼촌이 해주신 이야기를 듣고 나니 어쩌면 제가 목격했던 남자도 이런 비슷한 일을 겪었던 건 아닐까 하는 생각이 들었습니다. 그런데 요즘은 그런 일이 거의 없다고 했으니 아마 예전에 고인이 되신 분이 혹시 사람 형체로 보였던 것 같기도 하고…. 뭐라 설명

할 수 없는 참 미스터리 했던 일이었죠.

삼촌도 이런 이야기를 지인들에게만 들었는데, 그날은 제가 직접 목격을 했다고 하니 신기하면서도 무섭다고 하시더라고요. 물론 그분들이 도박에 빠진 건 잘못이지만 또 남아 있는 가족들을 생각하면 마음 한편이 씁쓸하기만 합니다.

이건 제가 직접 겪고 들은 이야기라 평생 기억에 남을 것 같습니다. 더 이상 이런 일들이 일어나지 않았으면 하는 바람입니다.

결혼식에 찾아온 남자

저는 현재 대구에 거주하고 있는 40대 남성입니다. 제 사연은 정말 안타까우면서도 또 다르게 생각하면 무서울 수도 있는 그런 내용입니다.

때는 6년 전쯤, 제가 근무하던 직장에 신입사원이 들어오면서 사건은 시작됩니다. 저는 성서공단 주변에 있는 소규모 자동차 계열 회사에서 일하고 있고, 아직 이곳에서 일을 하고 있기 때문에 정확한 위치는 말씀드리기가 어렵습니다.

일단 제가 일하는 곳은 노동강도가 센 편이라 신입사원이 들어와도 얼마 못 가 금방 퇴사를 하곤 했죠. 그러다 보니 신입사원에게 정을 붙이면서 잘 대해주기보다는, 있을 때 조금이라도 일을 더 시키려는 생각뿐이었습니다. 이건 저뿐만 아니라 이곳에 근무하는 다른 근무자들도 같았습니다. 아무튼 이런 분위기의 회사입니다.

어느 날 신입사원 한 사람이 입사를 했습니다. 30대 초반, 이름은 김우석이라고 하는 남자였습니다. 제가 10년 동안 근무를 하면서 느낀 게, 신입사원과 얘기를 하다 보면 이 사람은 오래 근무하겠구나 아니면 며칠 안에 그만두겠구나 하는 감이 오는데, 거진 제 예상이 맞을 때가 많았어요. 제가 우석이를 처음 봤을 때 길면 한 달, 짧으면 일주일도 안 돼서 그만둘 것 같다는 느낌을 받았지만 이번에는 저의 예상이 완전히 빗나가고 말았습니다. 우석이는 3개월이 넘도록 결근은 물론 지각 한 번 하지 않았고, 거기다 일머리까지 있어서 같이 일하는 상사들이 굉장히 좋아하는 편이었습니다.

다만 한 가지 단점이라고 말할 수 있는 부분은 저희 회사는 평균적으로 업무량이 많은 편이라 가끔 주말 특근을 해야 하는데, 우석이는 주말 근무를 할 수 없는 상황이었죠. 어머니가 편찮으셔서 주말마다 간호를 해야 한다고 했고, 본인 말고는 어머니를 돌볼 사람이 없다는 게 이유였습니다.

아무리 특근은 자유라지만 회사 입장에서는 신입이 주말 근무를 하지 않으니 조금 난감한 상황이었는데, 또 뭐라고 할 수도 없는 게 어머니 병간호 때문에 그렇다고 하니까 다들 그러려니 하고 넘어갈 수밖에 없었죠.

우석이는 거진 1년간 회사를 다니면서 단 한 번도 주말 근무를 하지 않았는데, 모든 사실은 한순간에 밝혀지게 되었습니다.

일단 저희 회사는 6개월이 지나면 비정규직에서 정규직으로 전환을 할 수 있는 기회가 생기는데, 우석이를 포함한 3명 정도가 정규직이 되어 그날은 회사 단체 회식을 했습니다. 우석이는 술을 마시다 휴대폰도 두고 급하게 화장실로 갔었는데, 때마침 전화가 걸려왔죠. 무심코 전화기를 봤더니 엄마라고 저장이 되어있었고, 계속해서 전화가 걸려오니 뭔가 급한 일인 것 같아서 제가 전화를 받았습니다. 평소 우석이가 어머니 얘기를 할 때 어머니가 통증이

심할 때마다 가끔 전화를 한다는 소리를 들은 적이 있었기 때문에 저는 걱정스러운 마음으로 전화를 받았던 거죠.

"어머니, 안녕하세요. 저는 우석이와 같이 근무하는 회사 형인데요. 우석이가 전화를 두고 화장실에 갔거든요. 그나저나 몸은 좀 어떠세요?"

그랬더니 우석이 어머니는 그게 무슨 말이냐고 되묻더군요.

그렇게 우석이의 거짓말은 전화 한 통으로 밝혀지게 되었습니다. 저를 포함한 우석이와 같이 근무하던 사수들도… 실망을 할 수밖에 없었습니다. 한두 달도 아니고 1년 동안 거짓말을 한 것도 어이가 없는데, 다른 이유도 아닌 어머니의 건강 문제를 핑계 삼아 사람들을 속였다는 사실이 정말 납득이 되지 않았죠.

다음 날 우석이는 본인 스스로 퇴사를 했고, 그 일로 우석이와 인연은 끝인 줄 알았습니다. 하지만 몇 달 뒤 전혀 생각지도 못한 곳에서 다시 만나게 되었습니다.

그날은 울산에서 제 친구가 결혼식을 하던 날이었고, 친구들 중에 제일 늦게 결혼을 하는 거라 좀 더 일찍 가서 축하를 해주고 있었죠. 그리고 잠깐 시간을 내서 신랑 친구와 담배를 피우고 있었는데, 어디서 많이 본 낯이 익은 남자가 지나가는 겁니다. 유심히 쳐다봤더니 몇 달 전 같이 근무했던 우석이였습니다. 저는 아는 척을 하려다가 우석이가 불편할까 봐 그냥 못 본 척 넘어갔었죠.

그 당시 친구가 결혼식을 한 곳은 건물 안에 예식장 웨딩홀이 여러 곳 있어서 친구 말고 다른 결혼식에 가나보다 생각했습니다.

신랑 친구는 먼저 들어가고 저는 밖에서 기다리다가, 예식시간 10분 전에 화장실을 다녀오려고 했죠. 그때 우연인지 모르겠지만 우석이가 축의금 봉투를 들고 두리번거리고 있는 모습을 볼 수가 있었습니다. 그런데 거긴 제 친구가 예식을 하는 3번 홀이었고, 거기다 신부도 아닌… 신랑 측에 축의금을 내더군요.

그날 결혼하는 친구는 대구 사람도 아니었고, 부산에서 지내다 울산으로 올라온 친구였기 때문에 우석이와 어떤 관계인지 너무 궁금했죠. 그래서 우석이에게 다가가 물었습니다.

"우석아, 오랜만이다…. 나 기억하지? 너 내 친구랑 어떻게 아는 사이야?"

우석이는 저를 보고 깜짝 놀라더니 급하게 자리를 피했습니다.

전 직장 문제 때문에 저와 말하기 불편해서 그런가보다 생각하고 그냥 넘어갔었죠.

그렇게 결혼식은 끝이 났고 친구는 신혼여행을 다녀와서 저에게 이상한 말을 하더라고요. 축의금 봉투 안에 부적이 들어있었다고 하는 겁니다. 신혼여행 마지막 날 친구가 들고 있던 부적을 제수씨가 발견했습니다. 평소 미신이나 종교를 전혀 믿지 않는 친구라 단순히 축의금 안에 부적이 들어있으니 좋은 의미의 부적으로 생각해 들고 있었다고 합니다.

한국으로 귀국하고 나서 부적의 뜻을 찾아봤는데 정말 섬뜩했다고 하더군요. 그건 '발사병용부'라고 하는 건데, 복수나 이별 그리고 저주를 내릴 때 사용하는 부적이라는 겁니다. 한마디로 죽이고 싶을 정도로 미운 사람에게 쓰이는 부적이라고 하는데, 친구는 그것도 모르고 가지고 있었으니 너무 찜찜했다고 말했죠.

부적은 미신이니 그냥 태워버리면 그만이지만, 이런 뜻을 가진 부적을 받으니까 왠지 누군가 나를 지켜보고 있다는 느낌도 들고 이상하게 찜찜하면서 소름이 끼쳤다는 겁니다.

그래서 친구에게 축의금 봉투에 써진 이름을 물어봤더니 신재민이라고 적혀있었다더군요. 친구도 전혀 모르는 이름 이었는데 더 황당한 건, 봉투 안에 위 아래 천 원짜리 지폐와 그 사이로 부적을 숨기듯이 넣어 두었다는 겁니다. 친구는 너무 어이가 없어 사진을 찍어 저에게 보내줬습니다.

사진 속 봉투에 적힌 신재민이라는 글씨를 보니 문득 우석이가 생각이 나더군요. 왜냐면, 몇 달 전 우석이를 포함한 정규직으로 전환되던 사람 중에 이름이 신재민이라는 사원이 있었기 때문이었습니다. 저와 다른 업무 파트라 특별히 마주치지 않고 이름만 알고 있는 사원이었습니다.

그래서 친구에게 근무를 했을 당시 찍어둔 우석이 사진을 보내주면서 아는 사람이냐고 물어봤죠. 그러니까 친구는 전혀 모른다고 대답했고, 의심은 가지만 물증이 없었기 때문에 더 이상 알아볼 방법은 없었습니다.

다음 날 회사 동료에게 친구 이야기를 해줬더니, 저를 보고 경리업무를 보는 직원에게 부탁을 해보라는 겁니다. 그 말은 회사에 입사할 때 이력서를 자필로 써서 제출하는데, 이력서에 적힌 글씨체와 축의금 봉투에 적힌 글씨를 비교해보라는 말이었죠. 회사 방

침상 퇴사 시점부터 2년간을 보관하고 나서 폐기를 한다고 하니까 아직은 서류가 있을 거라고요.

저는 경리 직원을 찾아가 부탁했고, 우석이가 썼던 이력서 글씨와 친구가 보내준 사진 속 축의금에 적힌 글씨체를 확인할 수 있었습니다.

누가 봐도 같은 사람이라고 밖에 볼 수 없었죠. 만약 평범한 글씨체였다면 몰랐을 텐데 조금 특이한 편이라 쉽게 알 수 있었습니다. 저는 친구에게 모든 사실을 말해줬더니 우석이 연락처를 물어보더군요. 그렇게 친구는 우석이와 통화를 했습니다. 친구는 우석이에게 정말 황당한 말을 들었다고 합니다.

우석이는 본인이 한 짓이라고 솔직하게 이야기했습니다. 왜 그랬냐고 물었더니 본인의 과거 일 때문에 그런 짓을 했다고 하더군요.

무슨 말이냐면 우석이가 회사에 입사하기 전 2년간 교제한 여자친구가 있었는데, 한창 결혼 준비를 하고 있었답니다. 웨딩사진도 촬영하고 지인들에게 청첩장까지 돌렸는데, 결혼을 한 달 앞두고 갑자기 여자친구가 연락이 두절되었다고 하더군요.

처음에는 믿기지 않았지만 결국 현실을 받아들일 수밖에 없었고, 나중에 알고 보니 소식이 없던 여자친구는 다른 남자를 만나 결혼을 했다는 이야기였죠.

그날부터 우석이는 매주 얼굴도 모르는 남의 결혼식에 찾아가서 축의금 사이에 부적을 넣고 다니는 행동을 하기 시작했답니다. 나름 머리를 쓴 건지 모르겠는데, 축의금을 내고 서둘러 예식장을 빠져나갔고, 한 지역만 가게 되면 꼬리가 잡힐 것 같아 대구에서 울산까지 내려왔던 거죠. 축의금 봉투에 썼던 이름은 매번 생각나는 데로 쓰다 보니 그날 하필이면 회사에 다니던 직원 이름을 썼던 겁니다.

우석이는 친구에게 잘못했다며 용서를 구하고 나서, 얼마 지나지 않아 스스로 목숨을 끊었다는 안타까운 소식을 듣게 됐죠.

입사하고 나서 어머니의 병간호 때문에 특근을 하지 않았던 우석이가 주말마다 결혼식에 가서 그런 짓을 했다고 생각하니 소름이 돋으면서 무서웠습니다. 물론 본인도 상처가 크겠지만 전혀 일면식도 없는 사람들에게 피해를 주는 건 잘못이니까요.

우석이가 그렇게 되고 나서 저는 늘 죄책감을 가지고 살고 있습니다. 제가 만약 모른척하고 넘어갔더라면 우석이는 무사히 잘 지내게 됐을까요? 이 사건만 생각하면 너무 안타까운 마음입니다. 아직까지도 그때의 충격이 가시질 않습니다.

기괴한 방앗간

　제가 열세 살 무렵에 있었던 일입니다. 몇십 년쯤 지난 일이니 꽤 오래되었네요.

　그 당시에는 많으면 5대까지 한집에 살고는 했지만, 제 가족은 일찍이 도시로 나가 살겠다고 한 상태여서 조부모님을 명절 때마다 찾아뵙곤 했었습니다. 조부모님이 계신 곳은 농사를 짓고 유유자적 살 수 있는 깡시골이었지만, 갓난아이 시절에 살았던 것 때문인지 다른 어느 곳보다 마음이 편했어요.

　그 무렵 명절에 어머니께서 제게 심부름을 시키셨습니다.

"명호야, 이 바구니 잘 들고 가서 떡 해오너라."

잘 아는 떡집에 쌀가루를 빻아오는 건 이제 어엿한 어른이라고 생각하던 당시의 제게 아주 간단한 심부름이었죠.

"걱정하지 마세요, 어머니!"

"그래, 씩씩하기도 하다. 잘 다녀오고 딴 길로 새지 말렴."

어머니께선 아직 어린 제가 딴 길로 새는 않을까 전전긍긍하시는 듯 보였고, 저는 그 걱정을 덜어 드리고 싶어 당당히 심부름을 마치고 오겠다고 다짐했습니다.

막상 장에 나가니 도시와 비슷한 듯하면서도 다른 생경한 풍경이 펼쳐졌죠. 저는 그래서 어머니 말씀대로 바구니만 꼭 쥐고 버스를 탔습니다.

"학생, 돈 내야지."

기사님은 돈을 내는 사람들을 낱낱이 살피고 출발하셨습니다.

"애야, 종점이다. 내려야지?"

시간이 그렇게 흐른 것 같지도 않은데, 기사님이 깨우는 목소리에 저는 눈을 번쩍 떴습니다. 차는 종점에 서 있었습니다. 저는 버스 안에서 깜빡 잠이 들고 만 것이었습니다.

심부름이 떠올라 무작정 버스에서 내렸습니다. 그리고 근처 떡집을 물어물어 찾기 시작했습니다.

"아주머니, 여기 근처 방앗간 있나요?"

"저기 귀퉁이로 돌면 골목길 하나 나올 건데 그쪽으로 쭉 들어가면 하나 있어."

"네, 감사합니다!"

어느 친절한 어른의 도움으로 저는 방앗간에 무사히 도착했고, 큰 소음이 들리는 방앗간으로 들어갔습니다.

"꼬맹이가 무슨 일이냐?"

"떡 지으려고요."

"그래, 한 30분이면 된다. 저거 먹고 있어라."

말투는 투박했지만, 그 방앗간 아저씨는 식혜를 내어주시고 마시면서 기다리라고 하셨죠.

오는 동안 버스도 놓치고 이리저리 헤매고 다니느라 긴장했는지 목이 말라 식혜는 금방 바닥을 드러냈습니다. 그냥 쌀을 빻는 것을 기다리기는 무료해서 방앗간을 돌아다니며 구경을 시작했습니다.

그러다가 뒷문으로 한 아저씨가 들어오는 걸 발견하고 뭔가 이상하다는 생각에 무의식적으로 몸을 숨겼죠.

"오늘은 얼마 안 돼. 10킬로그램쯤? 요즘 자꾸 화장하라고 난리니까 영 일감이 없어."

"수고했어. 다음엔 좀 더 가져와. 요즘 손님이 부쩍 늘었다고."

방앗간에서 나누는 대화치고는 내용이 영 수상하고 미심쩍어서 저는 방앗간 아저씨에게 여쭈어봤죠.

"아, 쌀가루가 부족하면 다른 데서 더 사오는데, 그걸 본 모양이구나."

답은 들었지만, 질문을 듣고 뜸을 들이면서 핑곗거리를 생각하는 모습이라 오히려 더 궁금증만 남더군요.

그렇게 저는 방앗간에 몰래 남아 조그만 구석 속에 숨어있었습니다.

"조심히 옮겨. 빻기 전에 부서지면 청소 힘들어."

구석에서 숨을 죽이고 기다리다 보니 인기척이 느껴져 돌아보니 어떤 사람들이 사람의 해골처럼 보이는 것을 옮기고 있었습니다.

저는 그 모습이 너무 무서워서 조용히 밖으로 도망치려고 하다가 큰소리가 나는 바닥을 밟고 말았습니다.

"이게 무슨 소리야?"

"뭐긴 뭐야. 여기 바닥 항상 이렇게 소리 나잖아."

다행히 대수롭지 않게 넘어간 아저씨들 덕분에 저는 간신히 막차를 타고 집으로 돌아올 수 있었죠.

집에 도착해보니 노을이 지고 있는 저녁이었고, 저는 눈앞에 집이 보이자 안심이 되어 다리 힘이 쫙 풀렸습니다.

"얘! 도대체 어딜 갔다 이제 오니? 방앗간 저기 바로 앞에 있는데."

도착한 저를 발견하고 어머니는 눈물 바람이셨고, 저는 그날 아버지께 아주 크게 혼이 났습니다.

알고 보니 제가 늦은 시간까지 돌아오지 않자, 마을 사람들과 함께 온 동네를 찾아다니시다 제가 잘못되었을까 봐 매우 걱정하셨다고 합니다.

오랜 시간이 지나 그 기억은 바쁜 삶에 의해서 많이 희미해졌습니다. 저는 어떤 방앗간이었는지조차 기억나지 않았습니다.

정말 믿을 수 없을 정도로 공교롭게도, 저는 공부를 마치고 돌아온 고향에서 시작한 첫 아르바이트를 그 방앗간에서 하게 되었습니다. 방앗간 사장님도 수년 전 꼬맹이는 기억하지 못하시는 듯했고, 저는 일을 차차 배워나갔습니다.

새로 들어와 있는 착유 기계나 가루 빻는 기계를 조작하는 법도 배우고, 손님을 응대하며 시간을 보냈습니다. 나름대로 일에 재미도 붙였고, 사장님도 변함없이 친절하시기는 하셨으니 일하는 데 문제랄 것은 없었죠.

그렇게 꾸준히 일을 해나가다 보니 어느새 사장님의 신임을 받아 좀 더 중대한 업무를 맡기로 했습니다.

사장님이 말씀하신 중대 업무는 별다를 것 없는 상품 판매 일이었지만, 아주 귀한 손님한테만 드리는 것이니 절대 어디에서도 누설하면 안 된다고 했죠. 손님의 이름이나 나이 같은 개인정보부터 왜 이 물건을 사는지는 절대 질문하면 안 된다고 하셨기에 저는 조금 긴장이 되었습니다.

그렇게 중대업무를 맡고 첫 손님을 받은 날이었죠.

"이쪽으로 오시죠, 사모님."

사장님이 가르쳐주신 대로 눈에 띄지 않는 방으로 이동해서 찾는 상품을 찾아드리는 일인데, 주로 미백에 아주 좋다고 소문난 흰색 가루를 팔았습니다.

다시 그 물건들을 본 순간 그때 숨죽여서 지켜본 그 장면이 떠올라 소름이 돋고 금방이라도 토할 것 같았죠. 그래도 일단 꾹 참고 돈을 받고 손님을 돌려보냈습니다.

그러자 사장님은 뭔가 제게 더 시키고 싶으셨는지 근무시간이 끝났는데 남으라고 하시기에 모두가 퇴근하고 자리에 있었죠.

그리고 그날 알게 된 방앗간의 미백 가루의 제조 방법은 상당히 기괴했습니다. 못자리를 파헤쳐 남은 뼈로 가루를 내어 그것을 미백에 효과가 좋답시고 만들어 팔고 있었던 것이었죠.

저는 기겁하여 기절할 뻔했지만, 이럴 때에는 오히려 정신이 더 말짱하고 몸은 더 꼿꼿해지는 것이 한탄스러웠습니다.

그래서 이 일에 대해서 모두 털어놓고 대화할 사람은 최근에 일을 그만둔 김씨 아저씨밖에 없다는 생각이 들었죠. 나이가 많이 들어 은퇴하겠다던 그 아저씨는 제게 일을 모두 가르쳐주고 나서 일을 그만두셨습니다. 그래서 저는 안부를 묻는 것처럼 가볍게 전화를 하고 찾아뵙기로 했습니다.

"왔구나, 명호야. 요즘 일이 많이 힘들지?"

"가르쳐주신 덕분에 잘하고 있는걸요."

형식적인 대화를 나누고 바로 본론을 꺼냈지만, 아저씨도 당황한 기색이 전혀 보이지 않았죠. 아저씨는 그 방앗간에 대해 모든 것을 알려주시기로 하셨습니다.

그렇게 만든 미백 가루는 사실 옛날에 내린 저주 때문에 계속해서 파는 거라고 하셨죠. 예전에 동네에 한 명씩 무당이 살아서 마을에 큰 행사가 있을 때마다 신께 올해의 풍년이나 마을의 안전 등을 빌었다고 합니다. 그 무당이 끔찍이 아끼는 아이가 있었는데, 그 아이가 방앗간에서 죽음을 맞았다고 했죠.

당시 입소문으로 들려오는 무시무시한 살인마라고 들었는데, 그 아이가 간신히 숨이 붙어 있는 찰나의 시간 동안 도움을 요청했다고 하더군요. 그런데 그 아이가 부모가 없고, 무당이 아끼는 아이라는 이유만으로 불길하다, 무섭다 등 도움을 요청하는 것도 안타까워할 뿐 무시했다고 합니다. 당시 무당은 억울한 아이의 울음소리를 듣고 그 사실을 알게 되고는 매우 크게 화를 냈다고 하더군요. 그래서 그 방앗간에서 사람으로 이루어진 물건을 팔지 못하면 마을 사람 모두 다 죽을 거라는 저주를 내렸다고 했죠.

처음에는 방앗간에서 팔 수 있을 만하면서도 사람으로 만들 수 있는 물건이 무엇일지 고민했다고 합니다. 가루를 만들기로 한 다음에는 그럴듯한 효험을 광고해서 물건을 팔아치우기 시작했다더군요. 방앗간에서는 사람으로 이루어진 물건을 팔아야 했기에 사람들을 납치하고 범죄를 서슴지 않고 저지르기도 했다고 합니다. 그러는 과정을 마을 사람들이 쉬쉬하고 증거를 묻어주기도 했다는 사실도 알게 되었죠.

마을 사람들은 대개 5대 이상이 이 마을을 지켜왔으니 어느 못자리가 언제 생겼는지를 속속히 알고 있더군요. 그러니 방앗간 사람들이 백골이 된 묘만 골라 파헤쳐서 뼈를 골라내고 가루를 만드는 과정을 도왔을 겁니다.

저 같은 경우에는 조부모님이 사셨으니 마을 사정을 속속히 알 거라고 판단했고, 그래서 표적이 되지 않았던 것이었고요.

심지어 몇몇 지역 사람들에게는 이 가루를 먹으면 젊어지고 아름다워진다는 과대광고로 돈을 벌기도 했던 겁니다.

저는 이제라도 그 잘못과 저주로 얼룩진 악습을 끊어내고 싶었기에 다른 곳에 저주나 원혼을 달래는 방법을 사방팔방 찾아다녔습니다. 다행히도 원인이 명확하다면 저주는 쉽게 풀 수 있을 거라고 말해준 퇴마 전문가의 도움을 받아 아이의 원혼을 먼저 달래기로 했습니다.

"아가야, 여기 있니?"

"얼마나 억울하고 힘이 들었겠니…."

퇴마 전문가의 장비들로 원혼과의 긴 대화 끝에 아이는 성불하게 되었다고 말했습니다. 저주도 확연히 약해졌더군요.

그래서 저주도 쉽게 풀었지만, 저는 아무리 저주라 한들 마을 사람들이 한 행동을 어쩔 수 없는 것이라고 넘어갈 수 없었습니다.

그래서 방앗간에서 일하는 동안 몰래 미백 가루를 만드는 과정을 낱낱이 촬영했죠. 그렇게 증거를 모아 동네 경찰서로 가지 않고 다른 지역의 경찰서로 신고를 접수하러 갔습니다. 동네 경찰서로 가게 되면 쉽게 신고자를 알아낼 수도 있고, 동네 사람 중 하나라 이 사실이 널리 퍼질 수도 있었기 때문이었죠.

"무슨 일로 오셨습니까?"

저는 굉장히 친절하신 경찰관의 물음에도 무어라 입이 떨어지지 않았습니다. 자꾸만 입가에 맴돌던 말은 꿀꺽꿀꺽 삼켜지고 입이 천근만근인지라 식은땀만 날 뿐이었죠. 동영상 증거가 들어있는 USB를 든 손에도 식은땀이 나기 시작했고, 저는 신고를 해야 할지 말아야 할지 고민했습니다.

사실 그 방앗간의 사람들은 마을의 주민이기에 저희 부모님과도 너무 잘 아는 사이입니다. 누군가 신고를 했다는 것이 알려지면 그 신고자가 저였다는 사실도 아마 쉽게 알게 되겠죠. 차라리 저만 위협을 받으면 모르겠지만, 저희 부모님께서 그 방앗간이 있는 마을에 같이 사시는데 어떤 보복을 당할지도 모를 일이었고요.

그래서 저는 아무 일도 아니라며 경찰서를 터덜터덜 나오는 제 처지가 불쌍해졌습니다. 그렇지만 제가 만약 그 방앗간에서 일을 계속했다면, 아마 천벌을 받았을지도 모를 일이죠. 아무리 저주 때문에 그런 일을 저질렀다 해도 무고한 사람들을 희생양으로 삼았으니까요.

부끄러운 말일 수도 있지만, 아직도 방앗간 앞을 지날 때는 그 생각이 나서 눈을 질끈 감고 지나칩니다.

이렇게 말하고 나니 이제야 무서움이 덜한 듯싶습니다. 지금까지 이야기를 들어주셔서 감사합니다.

배달 리뷰 이벤트

저는 대구 상인동에 거주하는 30대 남성입니다. 이 일은 제가 겪은 일 중에 가장 신기하면서도 어떻게 보면 섬뜩할 수도 있는 경험이었죠. 제가 겪은 일은 지금으로부터 8개월 전쯤 있었던 일이고, 아직도 생생할 만큼 충격적인 사건이죠.

저는 직장 근처에 방을 잡고 혼자 살고 있는 지극히 평범한 직장인입니다. 저와 비슷한 분들이 많이 있으시겠지만 혼자 살다 보니 매번 번거로운 집밥보단 배달음식을 시켜 먹는 날이 비교적 많앉죠.

사건이 시작된 그날도 집에서 간단히 한잔하려는 생각에 닭발을 주문하기로 생각했습니다. 동네에서 맛있기로 소문난 유명한 닭발집이 있는데, 손님이 워낙 많아 금방 문을 닫는 곳이었습니다. 다행히 그날은 아직도 영업 중이라 서둘러 주문을 넣고 기다리던 중이었습니다. 그렇게 30분 정도 걸려 음식이 도착했고 예상한 시간보다 빠르게 음식이 온 탓에 기분 좋게 술상을 차리고 나서 배달음식을 열어봤죠.

그런데 가게 행사가 있었는지 아니면 무슨 이벤트였는지는 모르겠는데, 배달 봉투 안에 여러 가지 과일들이 잔뜩 들어있더군요.

"어…? 이게 뭐지? 사장님이 주신 서비스인가…?"

제가 이 집에서 워낙 자주 주문을 하는 단골이라 사장님이 서비스를 주셨나보다, 그런 생각을 하고 맛있게 음식을 먹었죠. 그렇게 술 한잔하고 나니 배도 부르고 술기운이 올라와 저도 모르게 잠이 들었는데, 이상한 일은 그때부터 시작되었습니다.

저는 웬만해서는 꿈을 잘 안 꾸는 편인데 그날은 조금 특이한 꿈을 꾸었습니다. 화려한 한복을 입은 무당이 나와 굿판을 벌이는 꿈이었는데, 굿판에 쓰는 악기 소리가 제 귀에 너무 생생하게 들려서 이게 꿈인지 아니면 현실인지 도무지 구분하기가 힘들 정도였습니다.

저는 생생한 소리 때문에 깜짝 놀라서 잠에서 깨었는데, 온몸은 땀으로 젖어있고 이상하게 기분이 영 찜찜하더라고요.

처음에는 단순한 꿈이라고 생각하고 가볍게 넘겼지만 그날부터 계속해서 저는 같은 꿈을 반복적으로 꾸었습니다. 밤마다 굿을 하는 꿈 때문에 정신적으로 너무 힘들었고, 그 때문인지는 확실치 않지만 먹는 걸 굉장히 좋아했던 제가 입맛까지 없어지더군요. 이런 이야기를 직장 동료들에게 꺼내기도 그렇고, 한참을 고민하다 평소 믿고 지내는 친구에게 힘들게 털어놓았습니다. 그 친구도 그렇고 저도 바쁘다 보니 거진 두 달 만에 얼굴을 보게 되었는데, 친구가 제 얼굴을 보고 깜짝 놀라면서 말하더라고요.

"야, 네가 말한 꿈 말이야. 잘은 모르겠지만 뭔가 있는 거 같은데? 근데 너… 집에서 거울 안 보고 사냐? 지금 얼굴이 말이 아니야. 정 힘들면 악몽 쫓는 부적이라도 한번 알아봐."

저는 친구 말을 듣고 무당을 찾아가봐야 하나 하는 생각도 했었지만, 어릴 때부터 미신이나 종교를 믿지 않았기 때문에 그 길로 그냥 집으로 돌아왔죠.

친구를 만나고 와서 그런지 그날따라 몸이 굉장히 피곤했고 그냥 침대에 누워 자고 싶었지만 분명 무당이 나오는 꿈을 꿀 것이 뻔했기 때문에 쉽게 잠을 잘 수가 없더군요. 그래서 저 나름대로 커피까지 마시며 잠을 자지 않으려고 노력도 해봤지만, 새벽 3시가 넘어가자 점점 눈이 감기기 시작했죠. 그러다 저도 모르게 깜빡 잠이 들었습니다.

꿈에서 제가 사는 아파트 복도의 모습이 보이더니 복도 끝부분에 사람인지 귀신인지는 저도 잘 모르겠고 그냥 얼핏 보기에는 검은 형체로 보이는 물체가 가만히 서있는 겁니다. 아무리 봐도 그게 뭔지는 명확하게 알 수 없는데, 다만 한 가지 확실한 건 저게 점점 가까이 다가오더군요.

너무 무서워서 몸을 일으키려고 했지만 몸이 돌덩이가 된 것처럼 꿈쩍도 하지 않았습니다. 한참을 몸을 움직이다가 겨우 잠을 깰 수 있었고 꿈속에서 얼마나 몸서리를 쳤는지 온몸이 다 아프더라고요. 나중에서야 이런 게 가위눌림이구나 하고 처음 알게 되었죠.

80킬로그램 정도 나가던 몸무게가 불과 2주 만에 15킬로그램이나 빠졌습니다. 얼굴 안색도 좋지 않고 살은 계속해서 빠지니까 이러다가 정말 죽을 수도 있겠구나 하는 생각까지 들었습니다.

저는 다음 날 병원에 가서 여러 가지 검사를 받았지만, 딱히 큰 문제는 발견되지 않았고 단순 소화불량이라는 진단을 받았습니다. 그런데 병원에 다녀온 후로도 증세는 더욱 악화가 되었고, 밤마다 꿈을 꾸는 일은 지속적으로 반복되었습니다.

저는 정말 지푸라기라도 잡는 심정으로 대구에 위치하는 용한 무당집을 찾아갔습니다. 제가 당집에 들어가자마자 무당은 저를 보고 호통을 치면서 말을 하더군요.

"쯧쯧, 어디서 잡귀들을 잔뜩 몰고 왔어?!"

저를 보자마자 그런 말을 하니 정말 당황스러웠습니다. 그때부터 무당은 제게 이것저것 묻기 시작하는 겁니다.

"얼마 전에 장례식 다녀온 적 있어?"

"아니요, 평일에는 출근하고 주말에는 집에서 쉬었어요."

"음…. 그럼 흉가나 폐가에 간 적은?"

"어휴…, 제가 겁이 많아서 그런 곳은 돈을 줘도 못 가요."

그제야 무당은 저를 보고 가까이 와서 앉으라고 하더군요. 그러고는 제 눈을 한참 쳐다보더니 뭔가 알겠다는 듯이 말을 꺼내는 겁니다.

"먹지 말아야 할 것을 먹었구나. 뭘 먹고 나서 꿈을 꾸게 된 건지 한번 말해봐."

저는 바로 생각이 나지 않아 배달 앱을 켜서 주문 내용을 확인하고, 무당에게 그대로 읊어주었습니다. 그러다 닭발집 이야기를 하는 순간, 무당의 표정이 굳어지면서 그만하라고 하더군요.

"아, 아직… 더 있는데요."

"아니 됐고, 그 닭발집에서 뭘 먹었는지 말해보게."

저는 닭발과 기본 샐러드 그리고 서비스로 준 과일을 먹었다고 사실대로 말을 했죠. 그러자 무당은 닭발집에서 준 과일에 문제가 있다는 것이었습니다.

저는 그 닭발집은 평소 서비스가 후한 집이고 특히나 제가 자주 주문하는 단골집이라 도대체 뭐가 문제냐고 물었습니다.

"쯧쯧…. 아주 악한 곳에서 굿판에 쓰인 과일을 준 거야, 이 사람아!"

솔직히 믿기 힘든 말이었지만 만약 그게 사실이라면 정말 충격적이었고, 제가 자주 주문하던 단골가게에서 이런 일이 있을 줄은 전혀 상상도 못 했죠. 무당은 한숨을 쉬면서 제사를 지내 잡귀를 몰아내는 것이 좋겠다고 했습니다. 저는 속는 셈 치고 무당을 따라 제사를 치렀습니다.

그렇게 모든 과정을 끝내고 집으로 돌아왔고 신기하게도 그날 밤은 아무 꿈을 꾸지 않고, 정말 개운하게 잠을 잘 수가 있었죠.

나중에 제가 주문했던 닭발집에 전화를 걸어 과일에 대해서 물었더니, 닭발집 사장님은 아무것도 모른다며 말을 돌리는 겁니다.

"아니… 과일에 무슨 문제라도 있었습니까?"

그래서 지금까지 있었던 일과 제가 겪은 자초지종을 설명했더니 사장님은 황당한 모양이었습니다.

"아니 손님, 제가 여기서 20년 동안 장사하고 있는데 이런 얘기는 또 처음 듣네요. 음식을 먹고 그런 꿈을 꾼다는 게 세상에 말이 됩니까? 저도 아는 지인에게 과일을 받은 거라 어디서 가져온지는 잘 모르겠는데, 손님 말이 사실이라면 한번 물어보고 다시 전화드리겠습니다."

그렇게 사장님과 통화를 끝냈습니다.

며칠이 지난 뒤 닭발집 사장님에게 다시 연락이 왔습니다. 사장님의 태도는 전과 완전히 달라져 있었습니다. 정말 섬뜩한 이야기를 꺼내시더라고요.

"손님, 전에 있었던 일은 정말 죄송합니다."

사장님은 과일에 출처를 알아보기 위해서 지인에게 물었다고 합니다. 그 지인의 대답이 기가 막혔습니다. 40대 남성이 목을 매달아 극단적인 선택을 했는데, 그후로 이상하게 집이 팔리지 않아 무당을 불러 굿을 했다고 하더군요. 제가 받았던 과일은 그 굿에 쓰였던 거였습니다. 버리기 아까울 정도로 상태가 좋아서, 지인이 몰래 챙겨와 사장님에게 줬다는 말이었죠.

그러니 닭발집 사장님도 그 과일이 굿판에 쓰였던 건지는 전혀 몰랐고, 공짜로 생긴 과일을 그냥 단골손님에게 서비스를 주고 싶어서 넣었다는 것이었습니다. 정말 몰랐다고 몇 번이나 사과를 하니 저도 더 이상 화를 낼 수가 없었습니다. 게다가 이런 일로 경찰에 신고하는 것도 말이 안 되는 일인 건 저도 알고 있었지요.

결국 그렇게 이 일은 끝이 났습니다. 그곳은 여전히 대구에서 맛집으로 소문난 닭발집이고, 현재도 굉장히 장사가 잘되는 집입니다. 이 사건을 겪고 나서 저는 그 집에서 절대 닭발을 시켜 먹지 않게 되었습니다.

만약 배달을 시켰을 때 말도 안 되는 서비스가 온다면 한 번쯤 의심해보라고 말씀드리고 싶습니다. 특이 떡이나 과일 종류는 어디에 쓰였던 음식인지 알 수가 없으니까요.

지금 생각해도 너무 신기하고 무서운 경험인데, 그런 일이 일어난 것 자체가 아직도 믿을 수가 없고 무당을 찾아가서 제사를 지낸 뒤에 이런 증상들이 사라졌다는 사실 또한 정말 꿈이라도 해도 이상하지 않을 정도로 새로운 경험이었습니다.

그 당시에 체력이 떨어지고 기가 약해져서 그랬을 수도 있지만, 이번 일로 눈에 보이지 않는 우리가 알지 못하는 뭔가가 분명히 존재한다는 걸 깨닫게 되었죠.

사진 모델 알바

현재 인천에 거주하는 30대 남성입니다. 2019년, 제가 20대 후반에 모델 일을 하면서 경험한 일입니다. 그 당시 충격을 받은 건 물론 정말 기이할 정도로 섬뜩한 사건이었습니다.

저의 직업은 프리랜서인데 간혹가다 일이 들어오면 의류 쪽 피팅모델을 하곤 합니다. 어딜 가나 마찬가지겠지만 특히나 이쪽 업계는 경력과 인지도가 중요하기 때문에 저처럼 인지도가 낮은 모델들은 시급도 굉장히 낮은 편이었죠.

그래서 늘 생활고에 시달리면서 지내고 있었는데, 어느 날 동종업계에서 일하는 친구 녀석이 단가가 높은 건이 하나 있다고 소개를 해주더라고요. 그 일은 소개팅 회사에서 진행하는 결혼사진 남자 모델인데, 안 그래도 일이 없던 와중에 저에게는 빛과 같은 자리였습니다.

그래서 다음 날 촬영 약속을 잡고 나서 스튜디오에 도착했는데 좀 당황스럽더군요. 제가 듣기로 소개팅 회사에서 모델을 모집하는 거라 알고 있었는데, 막상 방문하니 회사는 아닌 것으로 보였고, 말 그대로 동네에 하나씩 있는 지극히 평범한 사진관 건물이 하나 보였습니다.

"안녕하세요. 소개받고 온 모델입니다."

"아이고, 어서 와요."

사진관 안에는 50대 중반쯤 되어 보이는 사장님이 계셨습니다. 사장님은 저를 한참 쳐다보더니 여러 가지 질문들을 하더라고요. 처음에는 키와 몸무게 그리고 경력 사항 등을 물어봤고, 저는 사실 그대로 대답을 해드렸습니다.

그런데 질문이 계속될수록 일과 별개인 것들을 묻는 겁니다.

"아직 총각 같은데 혹시 결혼은 했어요?"

"네…? 아 아직 미혼입니다."

"부모님은 두 분 다 살아 계시죠?"

"예, 그럼요. 엄청 건강하십니다."

대부분 촬영을 하기 전 어떤 컨셉으로 진행할지에 대한 이야기를 나누는 게 일반적인데, 이런 개인적인 대화를 하게 될지 전혀 상상하지 못했습니다. 그때는 사장님이 나이도 좀 있으시고, 저를 조카뻘로 생각해서 그러나 보다 그렇게 단순하게 생각을 했었습니다.

"자, 오늘 촬영은요. 이제 막 결혼한 새신랑 컨셉인데, 여성분 없이 단독으로 촬영할 거예요."

몇 가지 설명을 듣고 촬영이 시작되었습니다.

사진을 찍으면서도 자꾸만 의문이 드는 게 하나 있었습니다. 보통 이런 단독 촬영 같은 경우에는 자연스럽게 제스처만 잡아주면 되는데, 이번 촬영은 유독 특이점이 한 가지 있더라고요. 꼭 옆에 누가 있는 것처럼 다양한 몸짓을 원했습니다.

저는 그 부분에 대해서 사장님께 이유를 물었더니, 차별화를 위해서 그렇다는 말을 하셨죠.

그렇게 4시간 가까이 걸려 촬영은 무사히 끝이 났고, 저는 집으로 와 이 일을 소개해준 친구와 통화를 했습니다.

"바쁘냐? 네가 소개해준 촬영 끝내고 이제 막 들어왔거든. 근데 네가 소개팅 회사라고 하지 않았어? 내가 오늘 가보니까 그냥 개인 사진관이던데?"

친구는 원래 인터넷에 나와있는 피팅모델 광고를 봤고, 알고 보니 피팅모델 일이 아니었지만 조건이 워낙 좋아서 본인이 하려고 했는데, 결혼 컨셉은 본인보다 제가 더 잘 맞을 것 같다는 생각에 소개를 해줬다는 말이었죠. 한마디로 업체가 아니고 개인이 직접 올린 광고 글이라는 말이었습니다.

이 업계에서 일을 해본 분이라면 아시겠지만, 이런 곳들은 진짜 돈이 급한 게 아니면 무조건 피해야 하는 곳입니다. 그 이유는 개인 촬영 같은 경우에는 사진을 찍어 어디에 쓰는지 파악을 할 수가 없기 때문입니다. 이미지로 먹고사는 저희 직업 같은 경우 철저히 기피하는 곳이죠.

"야, 그럼 미리 말을 해줬어야지. 지금 뭐 하는 거야?"

"아니, 뭘 그리 화를 내? 이상한 촬영도 아니고 어차피 결혼사진이잖아? 거기다 시급도 센 편이라 소개해준 건데, 내가 찜찜했으면 너한테 얘길 했겠냐?"

친구 말을 들어보니 턱시도를 입고 찍은 사진들뿐이라 이 사진들이 상업 목적으로 쓰여도 제 이미지에 피해 갈 일은 딱히 없을 것 같아 보였습니다.

하지만 그 촬영을 하고 난 뒤부터 저에게 이상한 일들이 일어나기 시작했죠. 저는 20대 때부터 줄곧 혼자 자취를 하며 지냈는데, 어느 날부터 외출하고 집에 들어오면 집안의 옷들이 바닥에 널브러져 있거나 그게 아니면 화장실 전등이 켜져 있을 때가 간혹 있었습니다. 처음에는 제가 확인을 못한 거라 생각을 했지만 지속적으로 이런 일들이 반복되다 보니 꼭 누가 집안에 들어온 것 같은 그런 무서운 기분까지 드는 겁니다. 하지만 누가 침입한 흔적은 찾을 수가 없던 상황이라 여간 찜찜한 게 아니었죠.

혹시나 외부에서 침입한 흔적이 남아 있을지도 모른다는 생각에 이런 현상들에 대해서 집주인분에게 도움을 요청했고, 집주인분은 공동현관 그리고 주차장 CCTV까지 확인해주셨지만, 딱히 입주민 말고는 외부인 흔적이라고는 찾을 수가 없습니다.

날이 가면 갈수록 이런 기이한 일들은 계속 반복적으로 나타났고, 저는 급기야 다른 곳으로 이사를 갔습니다. 물론 그때는 집이 문제라는 결론을 지을 수밖에 없었고, 그 외 다른 부분은 전혀 예상하지 못했죠.

그렇게 다른 곳으로 이사를 갔음에도 알 수 없는 현상들은 간헐적으로 일어났습니다. 계속 이렇게 살다가는 정상적인 생활은 고사하고 정신병까지 걸릴 것 같은 생각에 최후의 수단이자 지푸라기라도 잡는 심정으로 무속인을 찾아갔습니다. 그런데 그곳에서도 명확한 이유를 듣지 못했습니다.

저는 집으로 와 곰곰이 생각을 해봤더니, 이런 기이한 현상이 나타난 게 아마 결혼사진 모델을 하고 나서부터 시작되었다는 걸 뒤늦게 알게 되었죠. 그 생각에 저는 사진관을 다시 찾아갔습니다.

그런데 문을 열고 들어가자마자 깜짝 놀랄 수밖에 없었습니다. 사진관 안에는 전에 촬영했던 제 사진이 걸려있었는데, 그게 저 혼자가 아닌 제 옆에 모르는 여성분이 같이 찍혀있는 겁니다. 어떻게 합성을 했는지는 모르겠지만 마치 같이 찍은 것처럼 너무 자연스러웠습니다.

저는 애당초 결혼사진이라고 했으니 단순 홍보용으로 찍은 거라 생각을 했는데, 홍보용도 아닌 것 같은 이상한 사진이었습니다.

"사장님 계세요?"

제 목소리를 듣고 나온 사장님은 저를 보고 소스라치게 놀라는 것이었습니다.

"여… 여긴 무슨 일로 왔어요?"

"아니, 이런 말 하면 저를 이상하게 보실 수도 있는데… 제가 여기서 촬영한 뒤부터 자꾸 이상한 일들이 생기거든요?"

저는 사장님께 그간 있었던 일들을 털어놓았습니다. 제 말을 듣고 사장님은 의아한 표정을 지으면서 아무 말씀을 하지 않으셨습니다. 뭔가 알고 있으면서 숨기는 것 같은 그런 느낌을 받았습니다.

"근데 사장님, 제 사진 옆에 저 여자분은 누구예요?"

"그건 알 거 없고, 내가 지금 좀 바빠서…. 오늘은 그만 돌아가요."

그렇게 쫓겨나듯이 사진관을 나와야만 했습니다. 저는 집으로 향하다가 너무 답답한 나머지 친구를 불러 하소연을 했습니다.

친구는 제 이야기를 한참 듣다가 이런 말을 하더라고요.

"내가 그 사진관에 손님인 척 찾아가서 한번 물어볼까?"

"네가 가서 물어본다고 그걸 쉽게 말해주겠냐?"

"그건 모르지. 네가 당사자니까 숨길 수도 있는 거고…. 일단 내일 찾아가서 한번 물어볼게."

큰 기대는 하지 않았지만 지금 현 상황에서 다른 방법이 없으니 친구에게 부탁을 할 수밖에 없었죠.

그리고 다음 날 저녁쯤 친구에게 전화가 걸려왔습니다. 저는 정말 충격적인 이야기를 듣게 되었습니다.

친구는 사진관에 걸려있던 제 사진 속 옆에 서 있던 여자가, 바로 그 사진관 사장님의 딸이라고 하더라고요. 그 딸은 약 1년 전쯤 교통사고를 당해 식물인간이 됐고, 한참을 병원에만 누워있다 얼마 전 사망했다는 말이었습니다. 꽃다운 나이에 결혼도 못 해보고 세상을 떠난 딸이 안쓰러운 마음에 사장님은 딸을 위해서 결혼사진이라도 남기고 싶었답니다.

하지만 이미 고인이 된 딸의 짝을 찾아줄 수도 없는 노릇이고,

한참을 고민하다 결혼사진 모델을 찾아 본인의 딸 사진과 합성을 해야겠다는 생각에 그에 맞는 모델을 찾고 있었다고 하더군요.

저는 친구에게 모든 이야기를 듣고 나서 직접 사장님을 찾아가 왜 진작 말을 해주지 않았냐고 물었습니다. 사장님은 그제야 사과를 하면서 사진을 내리겠다고 하는 겁니다. 저도 딸을 잃은 사장님에게 측은한 마음이 생겨 사장님과 대화를 나눴습니다.

사고가 나던 그날 아침 사장님 딸은 외출 준비를 하고 있었습니다. 딸이 옷을 갈아입던 도중 옷을 바닥에 너저분하게 펼쳐놨길래 그걸 보고 잔소리를 하셨다고 했죠. 그런데 그게 딸과의 마지막 대화였던 겁니다.

딸이 살아 생전 모델처럼 키 큰 남자가 이상형이라고 늘 말을 했다는데, 단순 사진이지만 이상형을 찾아주고 싶었다고 하더라고요.

그 이야기를 듣고 나니 제가 경험했던 알 수 없는 일들이 혹시나 고인이 된 딸이 나타나서 그랬던 건 아닐까 그런 추측이 들었습니다.

그리고 더욱 신기한 사실은 사장님이 사진을 파기하고 난 뒤부터 더 이상 아무 일도 일어나지 않았다는 것이었습니다. 정말 안타깝기도 하고 어떻게 보면 섬뜩할 수도 있는 경험인데, 사장님의 마음은 충분히 이해하지만 서로 동의 없이 이런 사진을 만들었다는 게 저에게는 좀 과했다는 생각이 들었습니다.

믿을 수 없는 일들로 생긴 충격이 있었지만, 현재는 잘 지내고 있습니다. 하지만 가끔 그날 일들이 떠오를 때면 아직도 소름이 돋곤 합니다.

선산 파묘 사건

저는 현재 부산에 거주하고 있지만, 경주가 고향인 30대 남성입니다. 제가 겪은 이 일은 가족들과 경주에 살고 있을 때 일어난 비극적인 사건입니다.

때는 7년 전에 있었던 일입니다.

저에게는 아버지와 어머니 그리고 저보다 두 살 많은 형이 하나 있었습니다. 그 당시 저는 경주에서 직장을 다니고 있었고, 저희 형은 대구에서 자취를 하며 일을 하고 있었죠.

그러던 어느 날 믿기 힘든 끔찍한 일이 벌어졌습니다. 형이 교통사고를 당해 사망했다는 소식이었는데, 그 소식을 어머니에게 직접 들었음에도 도저히 믿을 수가 없었습니다. 형의 사망 소식을 들은 그날 아침에도 어김없이 형과 카톡을 주고 받았기 때문에 더더욱 믿기가 힘들었습니다.

형의 영정사진을 접하고 나니 그제야 실감이 나면서 눈물만 흐르더군요. 그렇게 형을 떠나보내고 부모님과 저는 굉장히 힘든 날을 보내고 있었습니다. 형이 살아있을 때 늘 부모님께 효도하고 싶다는 말을 자주 했었기 때문에 더 그리울 수밖에 없었죠.

그리고 그 일이 있고 나서 대략 한 달 정도 지났을 무렵 갑자기 아버지가 쓰러지셨고, 결국 급성 심근경색으로 사망 판정을 받게 되었습니다. 형이 사망한 지 불과 한 달 만에 아버지까지 세상을 떠나셨고 저와 어머니는 큰 상실감에 빠져 우울증까지 오고 말았습니다.

그렇게 연달아 가족을 떠나보낸 어느 날 어머니와 함께 무당집을 방문했습니다. 갑자기 저희 집안에 안 좋은 일들이 계속 생기니, 어머니가 불안하신 마음에 저를 데려갔던 겁니다. 그런데 그

불안함은 더욱 커지고 말았죠.

무당집에서 들었던 이야기는 너무 충격이었습니다. 글쎄 저희 가족이 줄초상이 날 거라고 말하는 겁니다. 아니, 남은 건 저와 어머니 둘뿐인데 그마저도 무사하지 못할 거라는 말을 들으니까 너무 무서우면서 소름이 끼치더라고요.

"그럼 이제 어떻게 해야 될까요? 저는 그렇다 쳐도, 우리 아들은 아직 살날이 많은데…. 제발 방법 좀 가르쳐주세요."

어머니는 울먹이면서 힘들게 말씀하셨습니다. 무당은 어머니를 한참 쳐다보다가 이런 말을 하는 겁니다.

"남편의 부모 묘 터에 문제가 생긴 거 같은데…. 현재 자리도 좋지 않고…. 한 가지 방법은 묘 터를 이장하면 악재를 피해 갈 수가 있어."

무당은 현재 묘 터의 기운이 안 좋다고 다른 곳으로 이장하라는 말을 반복하더군요. 어머니와 저는 그 말을 끝으로 무당집에서 나왔습니다.

다음 날 어머니는 할아버지와 할머니의 산소를 찾아가셨다고 합니다. 그곳은 저희 집안과 조금 먼 친척이 관리하는 선산이었는데, 할아버지가 돌아가실 무렵 선산 주인분께 허락을 받고 그곳에 산소를 모셨던 거죠.

그런데 어머니가 산소 근방에 도착했을 때 정말 어이가 없었다고 하더라고요. 묘지 터가 있던 자리는 이미 사라져 있었습니다. 순간 어머니는 산소 위치를 착각했다고 생각하고 그 근방을 살펴도 봤지만, 할아버지 할머니의 산소는 찾을 수가 없었다고 했죠.

그렇게 어머니는 집으로 와 큰아버지에게 연락을 드려 산소에 대해 물었더니, 글쎄 이런 말을 하더랍니다.

"아이고 제수씨, 모르고 계셨나봐요. 동생도 갑자기 떠나고 저도 경황도 없고 해서 미리 말씀을 못 드렸네요. 그게… 반년도 더 됐는데 선산 주인이 묘를 옮겨달라 부탁을 해서요. 언제까지 제가 산소관리를 할 수도 없고, 이장할 곳도 마땅치 않아서 개장하고 화장 처리를 했거든요. 근데 뭐 때문에 그러세요?"

어머니는 무당에게 들었던 말들을 큰아버지께 말씀드렸고, 그 말을 듣고 난 큰아버지는 단순 우연이니 걱정하지 말라고 하셨다고 합니다.

무당 말대로 이장을 하지는 못했지만 그래도 터가 안 좋은 자리에서 벗어났으니 더 이상 악재는 일어나지 않을 거라 생각하셨답니다.

그런데 며칠 뒤 청천벽력 같은 일이 생겼습니다. 어머니가 폐암 말기 진단을 받으신 겁니다. 그동안 별다른 전조증상도 없으셨고 간혹 가벼운 기침만 하셨는데, 그게 폐암 말기일 거라는 생각은 꿈에도 하지 못했습니다. 이미 수술 범위를 벗어날 정도로 어머니의 건강 상태는 좋지 않았고 결국 병원에서 항암치료를 받게 되었죠.

아버지와 형을 떠나보낸 상처도 아직 아물지 않았는데 거기다 어머니까지 위독해지셔서, 정말 저희 집안에 악재가 들어왔다는 느낌이 들었습니다.

어머니가 병원에 입원을 하고 나서 저는 다니던 직장을 그만두고 병간호를 하기 시작했습니다. 돈도 돈이지만 여기서 어머니까지 잃게 된다면 그때는 제 인생조차 무너질 거 같았습니다. 하지만 어머니의 건강 상태는 점점 나빠졌고 병원에서는 마음의 준비를 하라는 말까지 들었었죠.

그 와중에도 어머니는 제 걱정을 해주셨지만, 저는 어머니께 아무 도움이 되지 못한다는 사실이 너무 힘들고 괴로웠습니다.

그리고 얼마 뒤 어머니는 돌아가셨습니다. 저는 가족들을 모두 잃었습니다. 그 당시 극단적인 선택을 생각할 만큼 온전한 정신이 아니었습니다. 어떻게 보면 이제 제가 죽을 차례이니 모든 걸 받아들이고 포기하게 되더라고요. 그래서 될 대로 되라는 식으로 집에만 갇혀 지내고 있었습니다.

어느 날 큰아버지가 집으로 찾아오셨습니다.

"민기야, 너 왜 이렇게 연락이 안 돼? 어휴… 우리 집안에 이게 다 무슨 일이냐? 빨리 옷 입고 나와봐. 큰아버지랑 어디 좀 같이 가자…. 여기서 너까지 잘못되면 내가 죽어서 내 동생 얼굴 어떻게 보겠어?"

그렇게 큰아버지 손에 이끌려 어느 사찰을 방문했고, 그곳에 계신 스님께 이런 말을 듣게 되었습니다.

"파묘는 함부로 하는 게 아닙니다. 줄초상이 난 건 부모의 묘터를 옮기는 방법이 잘못되었기 때문입니다. 그래서 큰 화를 입으신 겁니다. 조카분도 위험해 보이는데 다시 원상 복귀시키셔야 합니다."

"어휴… 이걸 어쩌나?"

"스님, 저희 부모님은 이미 화장 처리하고 지금은 납골당에 계시는데 이제 어떻게 해야 합니까? 다시 수목장이라도 할까요?"

"음… 우선 묘지 터가 있었던 선산에 같이 가보시죠."

그래서 큰아버지 차를 타고 스님과 선산으로 향했는데, 글쎄 할아버지와 할머니의 묘 터가 완전 쓰레기장처럼 변해있더라고요.

"일단 주변 정리를 하고 한번 살펴봅시다."

스님 말대로 주변에 있던 쓰레기를 치우고 나서 기존에 묘 터였던 땅을 살펴봤는데, 다들 깜짝 놀랄 수밖에 없었습니다. 낙엽 사이에 사람 다리 부분으로 추정되는 유골 하나가 보이더라고요. 산역꾼들이 파묘를 진행할 때 다른 유골들은 모두 흙으로 흡수되었다는 말을 들었다는데 이게 뭔가 잘못되었던 거죠.

그 유골이 할아버지 할머니의 것이라고 단정 지을 순 없지만 선산 주변으로는 아무것도 없는 산길이었기 때문에 할아버지 또는 할머니의 유골일 거라는 생각이 강하게 들었습니다.

결국 산에서 발견한 유골은 다시 화장 처리를 했고, 그 일을 끝으로 저에게는 아무런 일도 일어나지 않았습니다.

스님의 말처럼 무턱대고 파묘를 진행했던 탓에 이런 비극적인 일이 생겼던 걸까요? 아니면 산역꾼들의 실수로 인해 끔찍한 악재들이 일어난 건지는 명확히 알 수가 없습니다. 저는 이런 경험들을 하기 전까지 무속신앙을 절대 믿지 않았는데, 세상에는 상식적으로 이해가 가지 않는 일들이 참 많은 것 같습니다.

한때는 가족들을 잃고 혼자서 죽으려고 생각도 했지만, 현재는 결혼까지 해서 아내와 잘 지내고 있습니다. 저에게는 평생 잊지 못할 상처이고 가족들만 생각하면 아직도 가슴이 아픕니다. 어디에 있든 잘 지냈으면 하는 바람입니다.

신기 있는 여동생

 현재 울산에 거주하고 있는 40대 남성입니다. 이제껏 누구에게도 말하지 못했지만, 살면서 언젠가는 꼭 털어 놓고 싶었던 저의 사연을 제보하려고 합니다. 어느새 시간은 훌쩍 지나 저는 불혹을 넘긴 나이가 되었습니다. 벌써 30년도 더 된 일이네요.
 그 당시 저는 울산 북구에 위치한 시골에서 나고 자랐고, 저를 포함해 그 마을에 사는 사람들은 이름만 들어도 알만큼 서로 가깝게 지내는 편이었죠. 이야기에 앞서 제게는 하나뿐인 2년 터울의 여동생 영희가 있습니다. 이 일은 제 동생에게 관련된 기묘한 사

건입니다.

세월이 많이 지나 기억은 점점 희미해져가지만, 현재 기억하는 것과 그리고 여동생이 말해줬던 내용을 토대로 사연을 풀어보려 합니다.

제가 국민학교 3학년이었을 당시 놀이터에서 잠시 놀고 오겠다던 동생이 감쪽같이 사라진 일이 있었죠. 그 당시 저도 어렸지만 동생이 걱정스런 마음에 동네를 이 잡듯이 살피며 돌아다녔습니다.

한참 동생을 찾아다니다 결국 부모님께 모든 사실을 털어놓았고, 맞벌이를 하고 계시던 부모님은 동생을 찾기 위해 곧바로 뛰어나오셨죠.

그렇게 어두컴컴한 저녁이 되서야 동네의 산 입구에 위치하는 무당집 근방에서 동생을 겨우 찾을 수 있었습니다.

발견 당시 여동생은 무당집 대문 앞에서 눈을 감은 채로 냄새를 맡고 있었다고 하더라고요. 동생은 부모님 손에 이끌려 집으로 들어왔고 저를 보자마자 이런 말을 하는 겁니다.

"어디서 자꾸 좋은 냄새가 나서 따라가보니까 길을 잃었나봐.

근데 아무것도 기억이 안 나."

 동생은 놀이터에서 그네를 타고 있었는데, 어딘가에서 좋은 향기가 났고 그 향기를 따라 걷다 보니 어느새 무당집 앞으로 가게 되었다는 거죠. 그런데 한 가지 의문인 건 해가 지도록 그 무당집 앞에서 뭘 하고 있었는지 전혀 기억을 못 했습니다.

 그 사건이 있고 나서 동생에게는 과학적으로 설명하기 어려운 일들이 일어나기 시작했습니다. 처음에는 단순 우연의 일치라고만 생각하고 지냈습니다.
 하루는 제가 인적이 드문 곳에서 자전거를 타고 다니다 갑자기 지나가는 트럭 소리에 놀라 핸들을 잘못 꺾은 적이 있었죠. 그 바람에 저는 도랑 아래로 굴러 떨어졌습니다. 그 당시 한동안 비가 오지 않아 도랑의 바닥은 훤히 드러나 있었습니다. 도랑에는 날카롭고 큰 바위들이 많아 입술은 물론이고 얼굴, 팔, 다리 등 맨살이 드러난 부분은 죄다 피투성이가 되어버렸고, 너무 고통스러운 나머지 힘들게 숨만 쉬고 있었습니다. 여기서 이렇게 있다가는 목숨까지 위험해질 것 같았습니다.
 하지만 제가 굴러 떨어진 도랑 근처는 마을 사람이 거의 다니지 않는 인적이 드문 곳이라 저를 발견하고 도와줄 사람을 찾기가 매우 희박한 상황이었죠.

그런데 그때 멀리서 여동생의 우는 목소리가 들렸습니다. 정신을 차려보니 동생과 마을 어른 두 분이 제 앞에 서 있는 겁니다. 어떻게 절 찾았는지 신기하기도 했지만 그 당시 온몸이 상처투성인데다 서둘러 병원으로 이송되었기에 동생에게 물어볼 경황도 없었습니다.

그렇게 병원 치료를 받고 나서 다음 날 동생에게 물어봤죠.

"영희야, 너 어떻게 알고 찾아온 거야?"

동생은 놀이터에서 놀고 있었는데, 갑자기 눈앞에 도랑에 떨어진 채 누워있는 제모습이 보였고 너무 겁이 나서 놀이터 근처에 있던 어른들과 저를 데리러 오게 되었다는 말이었습니다.

그때까지만 해도 뭐 단순 우연이라 생각하고 넘겼습니다. 하지만 제가 국민학교에서 초등학교로 이름이 바뀌던 시점에 정말 섬뜩한 경험을 하게 되었습니다.

그날 학교를 마치고 집으로 가고 있던 중이었습니다. 저희집으로 가는 길목에는 오래된 재래시장이 하나 있었습니다. 그런데 그날따라 뭔가 이상하다는 생각이 들었는데, 시장 입구에 구급차 한 대가 서있었고 그리고 시장 안에는 큰 덤프트럭이 들어와 있더군요. 그래서 가까이 가보니 덤프트럭이 급히 멈춘 듯이 주차되어 있었고, 어른들이 웅성거리며 모여 있는 겁니다. 그리고 그때 평생 기억에 남을 충격적인 장면을 보고 말았습니다.

당시에는 재래시장 구석에서 생선 부속물을 버리는 일도 허다했고 또 판매하지 못한 과일이나 야채 쓰레기를 모아두는 모습도 종종 볼 수가 있었습니다. 처음에는 덤프트럭이 과일가게를 지나치다 수박이 깨진 줄로 알았습니다. 하지만 사실 그건 사람들의 사고 현장이었습니다. 트럭 바퀴 쪽의 흔적이 어떤 남자가 누워있는 것임을 뒤늦게 발견하고 큰 충격을 받았습니다.

"꼬마야, 얼른 집에 가야지. 애들은 이런 거 보면 큰일 나."

시장 안에서 장사를 하고 있던 아저씨가 저를 보고 얼른 가라며 재촉하셨고, 저는 정신을 반쯤 놓은 상태로 힘들게 집으로 들어왔었죠.

그런데 이 사고가 제 동생과 연관이 있다는 사실을 나중에 알게 되었습니다. 그게 트럭 사고로 돌아가신 분은 제가 다니던 학교의 선생님이었는데, 체벌이 굉장히 심해 무섭기로 소문난 그런 선생님이었습니다.

하루는 그 선생님이 동생의 친구에게 몹쓸 짓을 했고 그 모습을 동생이 본 뒤로부터 사람이 안 보이는 창고로 가서 수돗물을 받아 기도를 했었답니다. 그 선생님이 잘못되길 바라면서 매일 기도를 했고 결국 그런 끔찍한 사고가 일어났던 것이었습니다.

동생의 기도 때문에 일어난 사고라고 단정 지을 순 없지만, 어린 나이에 동생이 그런 기도를 하고 있었다는 사실이 믿기지 않고 무섭다는 생각까지 들었습니다.

그 일이 있고 나서 대략 1년 정도 지났을 때쯤, 동생과 집에서 보물찾기 놀이를 하고 있었는데, 동생이 저를 보고 장판 속을 살펴보라고 하더군요. 당시 저희집 형편이 좋지 않아서 매번 끼니를 라면으로 때울 때가 많았는데, 여동생이 말한 곳을 살펴보니 만 원짜리 지폐가 수십 장이 나왔습니다. 이 돈으로 과자도 사 먹고 오락실도 다니면서 돈을 쓰고 다녔습니다. 결국 시간이 지나 어머니께 들키고 말았죠.

"너 이 돈 어디서 났어? 똑바로 말 안 해?"

저는 있는 그대로 어머니께 말씀드렸고, 어머니는 믿을 수 없다는 표정으로 저를 쳐다보셨습니다.

그리고 어느 날 어머니가 동네 아주머니들과 머리채를 잡고 싸우셨는데, 그 이유가 바로 여동생 때문이었습니다. 다름이 아니라 동생이 아주머니들에게 돈을 받고 사주를 봐줬다고 하는데, 어머니는 어린애한테 복채까지 주고 이상한 걸 물어본다는 이유로 화가 나셨던 거죠.

그리고 저희 가족들끼리 사찰을 방문했을 때도 동생이 그곳에서 만난 어떤 아주머니께 개인 가정사에 대해 설명을 했고, 그 아주머니도 동생이 하는 말이 너무 정확해서 깜짝 놀랐던 일이 있었습니다. 그런데 이 모든 것들이 동생의 의지로 하는 것이 아니라 본인도 모르게 말이 나온다는 게 문제였죠.

그렇게 크고 작은 사고들을 경험하며 저와 동생은 성인이 되었고, 저는 개인적인 사정으로 객지에 내려와 직장 생활을 시작했습니다.

제가 어릴 때부터 심리적으로 늘 불안감이 있었는데 그 문제가 원인이었는지 직장을 다니다 우울증 진단까지 받게 되었죠. 정상적인 판단도 할 수 없을 정도로 힘든 시기였습니다.

고민 끝에 저는 번개탄과 연탄난로를 주문했습니다. 극단적인 선택을 하려고 결정하고 난 뒤 이번이 마지막이라는 심정으로 본가에서 밥도 먹고 카페에서 여동생과 커피 한잔을 하고 다시 객지로 내려왔죠.

그리고 다음 날, 번개탄과 연탄난로를 택배로 받았습니다. 숙소 옥상으로 올라가 마지막 담배를 피우는데, 그때 동생에게 전화가 걸려오더군요.

"오빠, 지금 뭐 해? 아니, 오빠랑 커피숍에 있을 때 오빠 얼굴에 이상한 게 보이더라고."

동생이 해준 이야기를 들으니 이런 선택을 하려고 했던 제 모습이 부끄럽고 창피하기까지 했었습니다. 그게 동생은 어릴 때부터 곧 명이 다할 사람의 얼굴을 보면 이목구비가 뭉개지는 현상이 보였다고 합니다. 카페에서 제 얼굴을 바라보니 마치 코를 중심으로 소용돌이가 치듯이 눈과 입이 일그러졌다고 하더라고요. 동생은 그 모습을 보고 제가 걱정이 되서 전화를 했다는데 저는 아무 말도 할 수가 없었죠. 그렇게 동생과 통화를 끝내고 옥상에서 내려와 새롭게 다시 시작해보기로 마음을 고쳐 먹었습니다.

이런 기이한 일들은 가족을 제외한 누구에게도 말하지 못했던 이야기들인데, 주변 사람들을 설득시키고 싶지도 않고, 신빙성도 떨어지기에 저 혼자 감내하며 살고 있는 중입니다.

마지막으로 드리고 싶은 말씀은 세상에는 눈으로 보이는 게 다가 아닌 과학적으로 증명하기 어려운 어떤 영역이 분명 존재한다고 생각합니다. 물론 저야 경험해보지는 못했지만 지금까지 동생에게 있었던 일들을 생각하면 단순 우연이라고 치부할 수만은 없을 것 같습니다. 마음속에만 담아뒀던 일들을 제보하고 나니 왠지 속이 후련하네요.

지금까지 긴 이야기 들어주셔서 정말 감사합니다.

아홉수 남자

저는 서울에 거주하는 30대 여성입니다. 제가 겪은 일 때문에 아직까지 남자를 만나지 못할 정도로 소름이 끼쳤습니다.

현재 저는 직장을 다니고 있는 평범한 미혼 여자입니다. 4년 전, 그 당시 제가 서른다섯 살이었으니 현실적인 결혼 적령기는 조금 넘었다고 볼 수 있는 나이였죠. 그러다 보니 각종 소개팅이나 맞선 제의가 많이 들어오는 편이었습니다. 하지만 형식적인 만남이다 보니 결국 연인 사이로 발전되진 않았고, 한두 번 연락만

하다 자연스레 헤어지는 일이 반복되곤 했습니다.

그러던 어느 날 친구의 전화를 받고 술자리에 나간 적이 한번 있었습니다.

"은지야, 왜 이렇게 늦었어?"

약속 장소에는 친구만 있던 게 아니고 어떤 남자 한 분이 앉아 있었는데, 친구의 회사 선배라고 하더라고요.

"은지야, 인사드려. 우리 회사 팀장님이야."

그렇게 술자리에서 친구의 회사 상사를 만나게 됐고, 그 계기로 인해 연인 사이로 발전하게 되었죠. 이름은 강승현, 나이는 저보다 네 살 많은 39세였지만 나이에 비해 굉장히 동안인 외모였습니다.

그런데 이 남자를 만나보니 외모도 준수하고 능력도 괜찮은데 왜 지금까지 결혼을 안 한 건지 문득 궁금해지더라고요.

"오빠, 내가 진짜 궁금해서 묻는 건데 여태까지 결혼 생각은 없었던 거야?"

"뭐 그런 건 아닌데 일하느라 바쁘기도 했고, 시간적 여유가 없더라고."

남자친구는 웃으면서 대답했고 저도 큰 의미를 두지 않고 그냥 넘어갔죠.

그리고 사건은 남자친구와 장거리 여행을 가면서 시작되었습니다.

목적지는 경북 영덕이었고 편도로만 4시간가량 걸리는 먼 거리였는데, 그날따라 남자친구의 컨디션이 유독 나빠 보이더라고요. 평소 남자친구 얼굴빛이 어두운 편인데다 늘 피곤하다는 말을 달고 살았고, 그 당시 제가 해줄 수 있는 건 영양제를 챙겨주는 것뿐이었습니다.

이번 여행도 남자친구의 권유로 일정을 잡았던 건데, 또 혼자서 장거리 운전을 해야 하니 여행 전부터 걱정이 되곤 했었죠.

"오빠 괜찮아? 많이 힘들어 보이는데 휴게소에서 좀 쉬다 갈까?"

"아…. 그냥 좀 피곤해서 그래. 숙소 도착해서 한숨 자면 괜찮아질 거 같아."

그렇게 저희는 영덕 바다 근처에 위치하는 펜션에 도착했고, 짐을 풀자마자 남자친구는 기절하듯이 잠이 들었습니다.

남자친구가 자고 있을 때 혼자서 펜션 주변을 돌아다니면서 사진을 찍고 있다가, 바다 주변에서 한 여자를 목격하게 되었습니다. 등대가 있는 방파제 부근에 어떤 젊은 여자가 바다를 보며 서 있었는데 이상할 정도로 움직임이 없는 겁니다. 낚시라도 하는 거 겠거니 생각을 하고, 저는 바다를 보며 셀카를 찍고 나서 다시 숙소로 돌아왔죠.

"어디 갔다 온 거야?"

"근처 구경 좀 하다 왔어. 몸은 좀 어때?"

그러자 남자친구는 한숨을 쉬면서 말을 꺼내더라고요.

"아니, 최근 들어서 어깨가 뭉치고 너무 피곤해서 병원을 갔었거든? 근데 단순 근육통이라는 거야. 그래서 크게 신경은 안 쓰고 지냈는데, 이게 한 달이 넘게 계속 아프더라고. 침을 맞아도 안 되고 주사를 맞아도 아프고. 도대체 이유를 모르겠네. 올해 아홉수라 그런가?"

저도 미신을 믿지 않는 편이었지만 결혼할 때도 아홉수를 피하라는 말이 있듯이 뭔가 안 좋은 일이 일어날 것 같은 기분이 들었습니다.

그렇게 펜션에서 하룻밤을 보내고 다음날 오전 사진을 찍으러 등대 근처로 향했죠. 그런데 어제 제가 봤던 그 여자가 또다시 등대 앞에서 바다를 보고 서있더라고요.

"어…? 이상하다, 오빠. 저기 저 여자 좀 이상하지 않아?"

"뭐가? 그냥 바다 구경하는 사람이겠지."

그런 대화를 나누면서 등대 쪽으로 향하고 있었는데, 갑자기 그 여자가 방파제 쪽으로 걸어가더니 바다로 뛰어내리는 겁니다.

저와 남자친구는 너무 놀라 소리를 질렀습니다. 하필이면 둘 다 수영을 못 했기 때문에 119 신고 말고는 도울 방법이 없었습니다.

그런데 저희 목소리를 듣고 방파제 근방에서 낚시를 하고 있던 아저씨가 다가와 이런 말을 하는 겁니다.

"이봐요! 거기 그렇게 서있다가 진짜 큰일나요!"

그제야 저희들은 정신이 번쩍 들면서 주위를 살펴봤더니, 글쎄 한두 걸음만 가면 바다에 빠질 정도로 위험한 위치였습니다.

"아니, 아저씨. 좀 전에 사람이 빠졌다니까요."

"에이, 무슨 말도 안 되는 소리를…. 내가 아까부터 여기에서 낚시하고 있었는데 아무 소리도 안 났어요."

남자친구와 저는 뭐에 홀린 것처럼 정신이 하나도 없었고, 신고를 받고 온 구조 대원들이 확인 결과 저희가 오해를 했다는 것으로 마무리가 되었습니다.

많이 놀라고 당황스러웠지만 결과적으로 사고가 아니라고 하니 한편으론 마음이 놓이더라고요.

그 일이 있고 저희들은 숙소로 돌아와 짐을 챙겨 집으로 가려고 하는데, 또다시 문제가 생겨버렸죠.

"어, 뭐야? 이거 타이어 펑크가 났는데?"

좀 전까지 멀쩡하던 타이어에 펑크가 나있었고, 남자친구는 보험회사를 불러 타이어 수리를 했습니다.

뭔가 불길한 일들이 연달아 생기다 보니 얼른 집으로 가야겠다는 생각밖에 들지 않았습니다. 저희들은 점심도 먹지 않고 서울로 올라가기로 했습니다.

그리고 톨게이트에 거의 다 왔을 때쯤 남자친구가 화장실이 급하다며 잠깐 휴게소를 들렀습니다. 저녁이 넘은 시간인데다 점심도 건너뛰었던 탓인지 갑자기 배가 고프더라고요.

"오빠, 우리 여기서 간단하게 먹고 출발하자."

"그래. 그럼 뭐 먹을지 생각하고 있어 나 주유 좀 하고 올게."

그렇게 남자친구는 주유를 하려고 차에 올라타려는데 뭔가 안 좋은 느낌이 자꾸만 드는 겁니다.

"잠깐만. 그냥 밥 먹고 해. 어차피 급한 것도 아니잖아."

제 말에 남자친구는 차에서 내렸습니다.

저희는 식당으로 향하는데, 그때 주유소에서 폭발음이 들리더라고요. 나중에 알고 보니 어떤 차 한 대가 급발진이 나서 주유소로 돌진을 했다는 것이었습니다. 만약 남자친구가 주유를 하러 갔었다면 무조건 사고가 났을 타이밍이었죠.

그걸 보고 나니 밥맛도 없어지고 여기서 더 안 좋은 일이 터질 같은 무서운 기분에 곧장 집으로 출발했습니다.

그런 여러 가지 일들을 겪고 나니 남자친구 말대로 아홉수라 그런가 싶기도 하고, 또다시 만나면 무슨 일이 생길 것 같다는 느낌이 자꾸만 드는 겁니다. 그래서 간단히 사주라도 보려는 생각에 저 혼자 점집을 찾아갔고 그곳에서 이런 말을 듣게 되었죠.

그건 남자친구와 관련된 내용이었는데, 남자친구는 어떤 계기로 인해서 혼자 살아야 하는 팔자, 즉 공방살이 끼었다는 말이었습니다. 남자친구의 어깨에 죽은 여자가 올라타고 있어 많이 힘들 거란 이야기를 들었습니다.

그 이상 자세한 건 듣지 못했고 저는 집으로 오자마자 남자친구에게 전화를 걸어 과거사에 대해 물었습니다. 당연히 남자친구는 말하길 꺼렸지만, 제가 집요할 정도로 물어보니 한참 고민 끝에 힘들게 말을 하더라고요.

과거에 남자친구는 결혼까지 약속한 여성분이 있었는데 남자친구의 부모님이 결혼을 극도로 반대하셨다고 합니다. 정확한 내막은 모르겠으나 그 문제로 인해서 결국 헤어졌고, 그 여성분은 극단적인 선택으로 고인이 되었다는 말을 들을 수 있었죠. 그런데 그 후로 만나는 여자마다 늘 이상한 일을 겪었고 이 문제 때문에 너무 힘들었다고 말하더라고요.

모든 속 사정을 듣고 나니 남자친구와 관계를 유지하는 게 좀 어려울 거란 판단이 들었습니다. 남자친구도 이미 예상했다는 듯이 먼저 헤어지자는 말을 꺼냈고, 그렇게 저희는 헤어지게 되었죠.

그리고 반년 정도 지나 남자친구를 소개시켜줬던 친구에게 무서운 이야기를 들었습니다. 글쎄, 저와 헤어지고 나서 남자친구는 다른 여성을 만났고 연애한 지 3개월 만에 그 여성이 갑작스러운 사고로 사망했다는 것이었습니다.

이제는 우연이라고만 보기 어려웠습니다. 저도 남자친구를 계속 만났더라면 무슨 일이 생겼을지도 몰랐다는 생각에 너무나 무서웠습니다.

또 하나 소름이 돋았던 사실은 제가 등대에서 셀카를 찍고 나서 사진첩을 살펴봤는데, 바다에 뛰어들었던 그 여자의 모습이 찍혀있더라고요. 그래서 확대를 해봤더니….

저를 보면서 웃고 있는 표정이었습니다. 사람이 맞나 싶을 정도로 오싹한 기분이 드는 겁니다.

이런 경험을 하고 나니 사람을 만나는 것도 꺼림칙하고 제가 여행을 가서 겪었던 일들이 남자친구와 헤어지라는 뜻이었던 건 아닐까 하는 생각까지 들었죠. 앞으로 누굴 만나서 연애할 생각은 없지만 만약 다시 만나게 된다면 그 사람의 사주 또한 무시할 수 없다는 사실을 깨닫게 된 무서운 경험이었습니다.

엄마가 무당이 된 이유

저는 서울에 살고 있는 30대 초반의 여성입니다. 제가 제보할 내용은 지금부터 9년 전, 저희 엄마가 운영하는 펜션에서 겪은 일입니다.

저는 어릴 적 부모님이 이혼을 하시고 언니와 함께 아버지 밑에서 자랐습니다. 제가 중학교를 입학할 때까지 엄마의 소식은 전혀 듣지 못했는데 처음 엄마와 연락이 닿았던 건 제기 열다섯 살 때였죠. 그 당시 엄마와 연락을 하는 게 너무 좋았고, 이 사실을 아버지는 싫어 하실 게 뻔하기 때문에 아버지의 눈치를 보면서 몰래 연락을 주고받았습니다.

그래서 엄마와 실제로 만난 적은 몇 번 없었고, 제가 성인이 된 이후에야 별다른 제약 없이 만나고는 했었죠.

엄마는 이혼을 하신 후에 좋은 인연으로 새로 만나게 된 분을 저희 자매에게 소개해주셨는데, 저는 그냥 엄마의 친한 지인 정도로만 대했고 그분도 아버지라고 부르길 강요하진 않으셨습니다.

그러던 어느 날 엄마가 암에 걸리셨다는 소식을 듣게 되었습니다. 저와 언니는 하늘이 무너지는 기분이 들더라고요. 엄마는 병원 치료보다 공기 좋은 시골 생활을 선택하셨고, 그렇게 강원도 정선으로 내려가 조그만 펜션을 운영하기로 하셨습니다. 그 당시 저는 서울에 살고 있다 보니 자주 뵙지는 못하고 가끔 언니와 함께 엄마를 보러 가곤 했었습니다.

아마 그 시기쯤 제게 이상한 것들이 느껴지고 보이기 시작하더라고요.

예를 들어 친구가 남자친구를 사귀었을 때 제 느낌을 바탕으로 친구에게 귀띔을 해주면 며칠 사이에 그 말이 맞았다면서 연락이 오기도 했었고, 또 제가 꾼 꿈으로 인해 친구네 이모가 암을 발견하게 되는 일도 있었죠.

저는 평소 그런 영적인 능력이라고 할만한 것들이 전혀 없었기 때문에 그런 일들을 언니에게 털어놓았지만, 언니는 대수롭지 않게 생각했습니다.

그러던 와중에 언니와 함께 엄마를 보러 내려갔습니다. 저는 그동안 겪었던 이상한 일들을 이야기했습니다. 그러자 엄마는 깜짝 놀라면서 엄마도 저처럼 사람이 아닌 이상한 것들이 보이길래 무당을 찾아갔었다고 하시더라고요. 그런데 무당은 엄마에게 신기가 있다면서 신내림을 받지 않으면 제가 받아야 된다는 말을 듣고 걱정이 이만저만이 아니었다는 말을 하셨죠. 저는 동네 무당이 엄마에게 사기를 치는 거라 생각이 들어 웬만하면 믿지 말라고 신신당부를 했습니다.

그렇게 펜션에서 시간을 보내다 그날 밤 정말 무서운 경험을 하게 됩니다. 저와 엄마는 1층에 누워 잠이 들었고 언니는 복층에 누워 자고 있었는데, 갑자기 눈을 떠보니 엄마랑 누워있던 펜션 1층이 아니라 펜션 아래쪽에 위치하는 계곡이 보이더라고요.

그때 뭔가 인기척이 느껴져 주변을 살폈더니 글쎄 한 여자가 서있었습니다. 30대 정도로 보이는 평범한 여자였는데 이상할 만큼 계속 저를 쳐다보고 있길래 저는 펜션에 방문한 엄마의 지인분이라 생각하고 인사까지 드렸습니다. 그런데 그 여자는 아무 대답도 하지 않았습니다. 저는 말 못 할 사정이 있겠거니 생각했죠.

그렇게 여자는 한참 저를 보고 있다가 갑자기 따라오라는 손짓을 하길래 저는 뭐에 홀린 듯이 그 여자가 있는 방향으로 걸어갔습니다.

"민주야, 안 돼. 거기 서!"

저를 부르는 엄마 목소리를 듣고 그제야 정신이 번쩍 들었습니다. 주변을 보니 제가 계곡물 쪽으로 걸어가고 있었던 겁니다.

이런 상황들이 너무 무서우면서도 도무지 이해가 가지 않았고, 그리고 때마침 엄마가 어떻게 알고 저를 찾으러 오셨는지 그 부분도 너무 기이했습니다.

저는 펜션으로 들어와 엄마에게 자초지종을 물었더니 엄마도 이상한 꿈을 꾸셨다고 하더라고요.

꿈에서 엄마가 밥을 해주시고 저와 언니를 불렀다고 하는데, 제가 어디로 갔는지 보이지 않았다고 합니다. 그래서 언니에게 물어보니 제가 물놀이를 하러 갔다는 말을 듣고 급히 저를 찾으러 오셨다는 말이었죠. 그렇게 믿기 힘든 경험을 하고 나서 겨우 잠자리에 들었습니다.

다음 날 아침, 어제 듣지 못했던 이상한 이야기를 듣게 되었습니다. 그날 오전부터 언니와 저 그리고 엄마 이렇게 셋이서 마당의 잡초를 뽑고 있었는데, 갑자기 엄마가 이런 말을 꺼내더라고요.

"너희들도 알다시피 엄마가 만나는 사람이 있잖아. 근데 그 사람을 제 서방인 줄 아는 귀신이 가끔 보이더라고. 아마 민주 네가 봤던 그 여자인 거 같아."

그런 이야기를 듣고 나니 이 말을 믿어야 하나 싶을 정도로 혼란스러우면서 무섭기까지 했었습니다.

그리고 몇 달 뒤 당시 제가 만났던 남자친구와 함께 엄마의 펜션에 방문하기로 했던 날이었죠. 그런데 그날따라 남자친구의 컨디션이 안 좋아서 제가 운전을 했습니다. 남자친구의 몸이 안 좋아서 걱정이 되긴 했지만, 막상 도착했을 땐 아들처럼 싹싹하게 행동을 했습니다.

그때가 여름이라 계곡에서 물놀이도 할 겸 남자친구와 저는 물놀이 준비를 했고, 당시에 조카네도 잠깐 내려와 있어서 아이들까지 데리고 물놀이를 하러 갔죠.

그렇게 물놀이를 하고 있는데 남자친구가 갑자기 쓰러져서, 그 길로 곧장 응급실로 실려갔습니다. 병원에서는 과로가 심해 쓰러졌다는 말을 들었습니다. 나중에 깨어난 남자친구는 본인이 쓰러졌다는 기억조차 하지 못하더라고요.

그런데 그때 남자친구가 이런 말을 꺼내는 겁니다.

"아니, 아까 물놀이 하기 전에 어머님이 날 부르시더라고. 근데 어머님이 물 근처에는 가지 말라고 하시더라."

"엄마가…? 왜?"

"자세한 건 나도 모르겠는데, 계속 그렇게 말씀하셨거든."

남자친구는 어른들과 함께 있기도 했고 또 처음 인사를 왔던 자리라 혼자 물 밖에 있는 것도 좀 그래서 그냥 물속에 들어갔더니 그 후로 기억이 나지 않는다고 하더라고요.

계속해서 이런 경험들을 하고 나니 엄마에게 들었던 무당의 말이 단순 거짓말이 아닐 거라는 생각이 들었고 그날 엄마와 진지하게 대화를 나누게 되었죠.

"엄마, 남자친구 일도 그렇고…. 차라리 내가 신내림을 받을까?"

"무슨 소리야. 신내림 받으면 해야 할 게 얼마나 많은데. 게다가 너 남자친구 집에서 반대하면 어쩌려고."

저는 그 말을 듣고 나서 아무 말도 하지 못했습니다. 그 당시 어린 나이였지만 결혼까지 생각하고 있던 남자친구였고, 혹시 제가 신내림을 받게 되면 남자친구와 헤어질지도 모른다는 불안감을 떨칠 수가 없었죠.

하지만 엄마도 이제 새 삶을 시작하려고 하는 데다가 암 투병 중이시기까지 한데, 선뜻 하겠다고 하지 못하는 제가 불효녀처럼 느껴졌습니다.

결국 엄마는 제가 서울로 올라가자마자 말도 없이 무당을 불러 신내림을 받으셨습니다. 그 펜션은 지인 위주로만 운영이 되는 중이라 별다른 예약이 없어 간이 신당으로 만들었습니다. 예약이 생길 때만 손님을 받곤 했습니다.

그렇게 일상생활을 보내고 있던 중이었습니다. 주말쯤에 언니와 엄마를 보러 내려가기로 했었는데 때마침 엄마의 전화를 받게 되었죠.

"민주야, 이번에 집에 내려올 때는 꼭 기차 타고 와. 알겠지?"

"기차 타면 한참 걸려, 엄마."

엄마는 대중교통을 타고 오라고 몇 번이나 당부하셨고, 엄마가 그런 말을 하는 데는 다 이유가 있을 거라 생각해서 저와 언니는 기차를 타고 가기로 했습니다.

저희들은 별 탈 없이 펜션에 도착했습니다. 엄마에게 왜 대중교통을 타고 오라고 했는지 물었지만 아무 말씀을 하지 않으셨죠.

그런데 그날 저녁 TV를 보고 있는데 도로에 낙석사고가 일어났다는 뉴스가 나왔습니다. 그 도로는 저희가 펜션으로 오는 방향이었습니다. 만약 엄마의 말대로 차를 가지고 왔었더라면 정말 큰 사고를 당할 뻔했던 것이었죠.

이런 기묘한 일들을 자꾸 접하다 보니 저는 미신을 일부 믿게 되었고, 단순 우연이라 보기에는 너무 정확해서 요즘도 엄마의 말을 잘 들으며 지내고 있습니다.

지금까지 제가 겪었던 무서운 일입니다. 세상에는 눈에 보이는 게 다가 아니라는 걸 다시금 깨닫는 경험이었습니다.

우산 쓴 여학생

저는 경기도에 살고 있는 40대 남성입니다. 제가 직접 경험했던 기묘한 실화 이야기를 들려드릴까 합니다.

지금부터 5년 전쯤에 겪은 일입니다. 당시 저는 경기도 광주에서 일반사업체 사무직으로 근무하고 있을 때였죠. 더 좋은 곳으로 이직할 기회가 많았지만 같이 일하는 직원들 덕분에 팀장으로서 5년간 근무했습니다.

사장님을 제외하고 직원 수는 4명뿐이지만 마음은 잘 맞았죠.

인원이 소수였던 이유도 있었고 저를 포함한 팀원들 모두가 미혼이어서 더 허물없이 지냈던 것 같아요.

제가 팀장으로 근무했지만 팀원들과 나이 차이도 크게 나지 않아 대화도 잘 통했고, 팀원들 모두 먹고 다니는 것을 굉장히 좋아해서 가끔 주말에도 만나 맛집을 찾아다니기도 했습니다.

제가 무서운 경험을 했던 그날도 팀원들과 함께 맛집 식당을 찾아가서 겪었던 일이었죠.

그날따라 비가 많이 내리던 날이었고 날씨 탓인지 몸이 축 처져 침대에 누워 휴대폰을 보며 시간을 보내고 있었습니다. 그렇게 한참 누워있었는데 오전 8시쯤 카톡 하나가 오더라고요.

"팀장님, 오늘 가실 겁니까?"

회사 팀원의 카톡이었는데 시간이 되면 같이 밥 먹자는 뜻이었죠. 지금은 결혼했지만, 30대 후반인 그 당시만 해도 주변 친구들은 전부 장가를 갔고 남은 건 저 혼자였어요. 그렇다 보니 쉰다고 해도 딱히 일정이나 약속이 있는 것도 아니었죠. 그 사실을 아는 팀원들이 저를 챙겨주는 것에 대해 고맙기도 해서 주말에 연락이 오면 만나서 밥 한 끼 같이 할 때가 많았습니다.

그날 따라 유독 비가 많이 내렸지만 숨겨진 맛집이 있다고 해서 약속을 잡고 10시쯤 만나기로 했죠. 목적지는 경기도 양평이었는데 가까운 거리가 아니라서 팀원들끼리 회사 앞에서 만나서 같이 출발하기로 했습니다.

잠시 후 차를 타고 이동하면서 팀원 중 한 명에게 물었죠.

"비까지 내리는데 얼마나 맛있는 게 있길래 양평까지 가는 거야?"

팀원들은 나중에 알게 될 거라며 기대하라고 하더군요.

그렇게 2시간 정도 걸려 식당에 도착했고 생각보다 작은 규모의 가게였습니다. 메인 메뉴로 각종 전을 파는 곳이었고, 저희들은 식당에 들어가 주문을 했죠.

"팀장님, 비 오는 날에는 전이죠. 그리고 여기는 아는 사람만 오기 때문에 진짜 숨겨진 맛집이에요."

생각보다 손님이 없어 가게 안은 한산했고 저희 4명은 창가 쪽 테이블에 앉았습니다.

팀원 중 한 명이 술을 못해서 운전을 담당하고, 저와 나머지 팀원들은 술 한잔하면서 이야기를 하고 있었죠. 비가 내려 습한 날씨였지만 그 덕에 분위기는 너무 좋았고 먼 거리지만 오길 잘했다는 생각이 들었어요.

그렇게 창밖을 한참 바라보고 있는데, 가게 밖에서 투명비닐 우산을 든 교복을 입은 여학생이 저를 쳐다보고 있는 겁니다. 지나가다가 파전 냄새가 나서 보고 있나 하는 생각을 했죠.

그리고 저는 팀원들과 이야기를 나누다가 한참 뒤 창밖을 한 번 더 봤는데, 아직까지 여학생이 그 자리에 서있더군요.

순간 이상한 느낌이 들어 유심히 얼굴을 봤는데 뭔가 섬뜩한 기분이 들었습니다. 피부색이 유난히도 창백했고 입술은 검은색에 가까웠죠. 그리고 어디서 넘어졌는지 모르겠는데 무릎 쪽에 큰 상처가 보이더라고요.

"태수 씨, 저기 좀 봐. 저기 우산 쓰고 있는 여학생 뭔가 이상하지 않아?"

"네…? 어디요? 에이… 팀장님, 왜 그러세요. 밖에 아무도 없는데. 밖에 비 그쳐서 사람들 우산 안 쓰고 다녀요."

그래서 가게 밖을 나가봤더니 팀원 말대로 비는 그쳤고 제가 말한 여학생은 보이질 않았습니다. 분명 방금 전까지 비가 내렸고 가게밖에는 여학생이 서있었는데, 그 짧은 사이에 그런 현상들이 사라져버리니 너무 황당했죠.

저는 술 때문에 헛것을 본 거라 생각했고 이해할 수 없어서 스스로 합리화를 했던 것 같습니다.

그렇게 팀원들과 점심을 먹고 자리에서 일어나 계산을 하려고 했죠. 카운터로 가서 잘 먹었다고 말씀드리다가, 저는 아까 봤던 여학생이 기억이 나서 여사장님께 물었습니다.

"저 사장님, 여기 근처에 중학교나 고등학교 있나요?"

그런데 사장님의 태도가 그건 왜 묻냐며 따지듯이 대답을 하더군요.

"아니… 아까 식사 중에 여학생이 파전이 먹고 싶은지 가게 밖에서 한참을 서 있더라고요."

제가 그 말을 꺼내자 사장님은 말없이 주방으로 들어가더니, 갑자기 칼을 들고 나와 저를 죽일 듯이 노려보는 겁니다. 계산을 하고 있다가 갑자기 이런 상황이 발생하니 너무 당황스럽고 무서웠죠. 옆에 있던 팀원들도 놀라서 사장님을 말리고, 주방에 있던 아주머니까지 나와 사장님을 진정시켰습니다. 여사장님은 그렇게 소리 지르면서 저와 팀원들을 죽여버리겠다고 난리를 치더니, 갑자기 바닥에 앉아 울기 시작했죠. 그 모습을 보고 저희들은 이게 무슨 상황인지 이해가 가지 않았습니다.

옆에 서있던 팀원이 경찰에 신고하려고 하는데, 주방에 있던 아주머니가 저희를 보고 밖에서 이야기 좀 하자고 하더군요. 그리고 주방 아주머니에게 정말 안타까운 이야기를 듣게 됐죠.

파전집 사장님은 외동인 중학생 딸이 있었다고 합니다. 사장님이 임신을 했을 당시 남편이 사고로 사망하고 혼자 아이를 키웠다고 하더라고요. 몇 달 전 어느 날, 지금처럼 비가 내리던 날에 한참 장사를 하고 있었는데 딸에게 전화가 걸려 왔답니다. 비가 많이 오는데 우산이 없어져서 데리러 와주면 안 되냐고요. 그런 내용의 전화였는데 그날따라 손님이 많아 정신이 없었다고 했죠. 비가 오면 장사가 잘되는 게 파전집이라 평소보다 너무 바쁜 날이었다고 합니다. 그래서 사장님은 딸에게 돈을 보내주면서 급한 대로 편의점 비닐우산이라도 사서 쓰고 오라고 했답니다.

사장님 딸은 편의점에서 우산을 사고 나오는 순간, 달려오던 차와 충돌해 그 자리에서 숨졌다고 했죠. 운전자는 면허취소가 될 정도로 만취 상태였다고 합니다.

사장님은 한참이 지나도 딸이 오지 않자 딸에게 전화하려고 휴대폰을 봤더니 부재중 전화가 수십 통이 와있었다고 하더군요.

그제야 딸이 사망했다는 사실을 알게 됐고, 한 달 넘게 장사를 하지 않고 미친 사람처럼 지냈다고 했죠. 그러다 다시 가게 문을 열었는데 그 이유는 딸 때문이라고 하더라고요. 가게 문을 닫거나 장사를 더 이상 하지 않으면 딸이 갈 곳이 없을 것 같다면서 다시 문을 열었던 거죠. 사장님은 그날 딸을 데리러 갔더라면 그런 일이 없을 거라 자책하고 있었습니다. 그런데 제가 술을 먹고 우산 쓴 여학생을 봤다고 이야기를 하니, 그 당시 사고 난 일들이 떠오르면서 이성을 잃은 거죠.

저희들은 이야기를 듣고 나서 신고는 하지 않는 것이 맞는 거 같다는 생각이 들어 조용히 가게를 나왔습니다.

저는 그날 비닐우산을 쓰고 교복을 입은 여학생 모습을 분명히 봤고, 그 모습을 아직까지 생생하게 기억합니다. 왜 제 눈에 보인 건지 알 수는 없지만, 너무 안타까운 사건이었습니다. 그런 경험을 하고 나니 뉴스에 나오는 음주운전 사건을 보면 정말 화가 나더라고요.

이건 개인적인 생각인데, 그 여학생은 어린 나이에 별이 되어 엄마가 보고 싶어서 가게 주변을 서성이다 우연히 저를 마주친 게 아닐까 하는 생각이 들었죠.

시간이 흘러도 저는 평생 그날 일을 잊지 못할 것 같습니다.

제부도 해루질

현재 인천에 거주하는 40대 남성입니다. 오늘 제보하려는 이야기는 지금부터 8년 전 제가 해루질에 관심을 가진 지 얼마 되지 않았던, 아무것도 모르는 초심자 시절 겪은 소름 돋는 일입니다.

혹시나 해루질에 대해 처음 들어보신 분이 계실 수 있으니 간단히 설명드리면, 해루질은 얕은 바다에 나가 조개나 어패류를 잡는 일입니다. 쉽게 말해서 갯벌 체험과 흡사하다고 보시면 되는데, 가끔 운 좋게 타이밍만 잘 맞으면 그날은 수입이 엄청날 정도로 매력적인 작업이었죠.

사건이 있던 그날엔 경기도에 있는 제부도의 한 어촌마을을 방문했습니다. 그곳이 해루질 명소라고 소문이 났던 이유도 있고, 좀 더 새로운 곳을 가본다는 그런 기대감과 그리고 호기심이 앞서 찾아가게 되었죠.

저는 마을에 도착하자마자 숙소를 잡고 난 뒤 간조가 되는 시간에 맞춰 장비를 들고 바다로 향했습니다. 이미 해는 져버리고 주변은 온통 암흑이었습니다. 해루질을 해보신 분들은 아시겠지만 낮보다 밤이 수입이 좋기 때문에 주로 어두운 밤에 작업을 많이 하는 편입니다.

다행히 명소답게 해루질을 하러 온 사람들이 꽤 있어서 주변 사람들의 목소리 덕분에 무섭다거나 외로운 기분은 들지 않았습니다. 저는 그 당시 초심자 시절이라 경험만 해보자는 생각으로 천천히 돌아다녔습니다.

그렇게 대략 30분 정도 지났을 때쯤 문득 이상한 소리를 들었습니다. 물론 사람들 목소리가 들리는 것은 이상한 게 아닌데, 이게 사람들 목소리와 함께 미세한 파도 소리가 자꾸만 들리더라고요. 분명 간조 시점이고 파도는 눈에 띄지 않을 만큼 아주 먼 거리에 있는 게 확실한데, 지금 이 시간에 파도 소리가 들리는 게 말이 안 된다고 생각했습니다.

"분명 파도 소리가 맞는데…. 이게 어디서 들리는 거지?"

뭔가 이상하긴 했지만 주변에 사람들 목소리와 함께 랜턴 불빛들도 보였기 때문에 저는 별문제가 없을 거라 판단하에 계속해서 해루질을 하려고 했습니다.

그런데 잠시 뒤 정말 신기한 현상을 겪게 되었습니다.

갑자기 주변이 조용해지더니 아무 소리도 들리지 않더군요. 좀 전까지 들리던 사람 목소리도 들리지 않았고 제 근방에 보이던 랜턴 불빛은 거의 보이지 않을 정도로 멀리 떨어져 있었습니다.

"어…? 언제 저렇게 멀리 가신 거지?"

그렇게 혼잣말을 하면서 이상하다 생각을 하고 있었는데, 그때 바닷물이 제 무릎까지 순식간에 차오르기 시작했습니다. 저는 너무 당황스럽고 무서워서 정신이 번쩍 들더라고요.

어두운 바다에서 어디가 육지로 가는 방향인지 찾기가 힘들었고 그 순간 빨리 여기서 벗어나야겠다는 생각만 가지고 그냥 무작정 달리기 시작했죠.

하지만 방향감각도 상실한 상태인데다가 긴장까지 하다 보니 육지 방향이 아닌 다른 곳으로 향했습니다. 그 사이 바닷물은 제 가슴 밑까지 올라왔던 위험한 상황이었습니다.

지금 생각해도 아찔하지만 그 당시 들었던 생각은 '아, 이대로 죽는구나. 내가 왜 여기까지 왔을까' 하는 후회들이었습니다. 눈물만 흐르더군요.

정말 삶을 포기할 정도로 무서웠고 아무 생각도 들지 않고 바다 한가운데 가만히 있을 수밖에 없었습니다.

그때 메아리처럼 울리는 사람 목소리를 들었습니다. 분명 저의 뒤편에서 나는 소리였습니다. 살고 싶으면 뛰라는, 그런 사람 목소리가 미세하게 들렸죠.

저는 본능적으로 소리가 나는 방향으로 급히 헤엄을 치기 시작했습니다. 이곳이 육지로 나가는 길인지 아니면 바다로 들어가는 지는 모르겠지만 무작정 소리가 들리는 쪽으로 향했습니다.

그리고 잠시 뒤 주변에 서서히 랜턴 불빛이 보이고 사람들이 빠져나가는 모습이 보이더라고요.

저는 얼른 사람들을 따라 육지로 갈 수 있었습니다. 그 와중에 세워둔 제 차가 보이자 그제야 겨우 살았다는 안도감이 들어 긴장이 풀려버렸습니다. 그래서 저도 모르게 그 자리에 쓰러지듯이 주저앉고 말았습니다.

저를 보고 주변 사람들이 다가와 무슨 일이냐고 걱정을 해주시더군요.

"사실은요…. 제가 방금 물에 빠져 죽을 뻔했습니다."

"아이고, 괜찮으세요? 따뜻한 물이라도 한잔 드세요."

너무 감사하게도 그 사람들은 따뜻한 물도 건네주고 제가 괜찮아질 때까지 같이 있어 주시기도 했었죠.

"정말 감사합니다. 근데 아까 제가 물속에서 들었는데요. 살고 싶으면 뛰라는 말을 들었거든요? 혹시 여기 계신 분이 말씀해주신 건가요?"

거기 있던 사람들은 아무 말도 하지 않았다고 했습니다. 그때는 뭔가 환청이 들렸나보다 하고 생각했습니다.

그렇게 겨우 정신이 돌아오고 나서 차 문을 열고 시동을 켜고 나니, 그제야 몸살이 걸릴 듯 오한이 들기 시작하더군요.

저는 얼른 숙소로 향하려고 후진을 하면서 주변을 살피는데, 도로 옆으로 아주 작아서 스치듯이 지나가면 모를 만한 작은 비석이 있는 것을 발견했죠. 그래서 창문을 열고 살펴봤더니 그 비석은 위령비였습니다. 한문이 빼곡히 적혀 있었는데 무슨 뜻인지는 알 수가 없었습니다. 그렇게 무사히 숙소에 도착했습니다.

날이 밝자마자 집으로 가기 위해 짐을 챙기고 있던 중 우연히 숙소 주인과 마주쳤습니다.

"어제 수입은 좀 있으셨습니까?"

저는 사실 그대로 죽을 뻔했던 일과 그리고 정신없이 오느라 장비들도 모조리 두고 왔다는 이야기를 했습니다.

"아이고, 도대체 어디로 가셨길래…. 정말 큰일날 뻔하셨네요. 무사하셔서 천만다행입니다."

저는 숙소 주인과 이야기를 하던 중에 어제 봤던 작은 비석들이 생각나 그게 무슨 뜻으로 만들어진 위령비냐고 물어봤죠. 그 말을 들은 숙소 주인은 깜짝 놀라더니, 제게 다짜고짜 액땜이나 제사라도 지내라고 권하는데 너무 황당하더라고요. 참고로 저는 믿고 있는 종교도 없거니와, 요즘은 유사 종교로 사기를 치는 그런 세상이다 보니 갑자기 제사를 권유하는 숙소 주인이 이상하게 보였습니다.

"아니… 갑자기 그게 무슨 말입니까?"

그러자 숙소 주인은 한참 망설이다 결국 말을 하는데 그 내용은 너무나 충격적이었죠. 그 위령비는 예전에 해루질을 하다 사고로 사망한 사람들이나 바다에서 일하다 사고를 당한 사람들의 넋을 달래기 위해 설치된 것이라고 하더군요.

그리고 제가 어제 해루질을 하러 들어간 곳은 이곳에 사는 사람들도 백이면 백, 발도 들이지 않는 장소라면서 도대체 왜 거길 혼자 갔냐고 하는 겁니다. 그래서 저는 혼자 가지 않았다고 주변 사람들이 분명 있었다고 이야기를 했더니 숙소 주인은 저를 보며 황당한 듯 말하더라고요.

"손님… 많고 많은 장소 중에 하필이면…. 거긴 잦은 사고 때문에 철조망으로 가는 길도 막아둔 곳이라 사람은커녕 차량도 못 들어가게 하는 곳이에요."

그 말을 듣고 곰곰이 생각을 해봤는데, 숙소 주인 말대로 어제 그곳은 입구가 펜스로 막혀있었고 초행이었던 전 펜스 앞에 주차를 하고 그 펜스를 넘어서 이동했던 게 생각이 났죠.

저는 그 말을 듣고 어제 일이 떠올리 온몸에 소름이 돋았습니다. 어디서부터 어디까지가 홀림을 당했던 것인지 모를 정도로 혼란스러웠죠. 제가 육지에 올라와 바닥에 주저앉았을 때 따뜻한 물을 건넨 사람들, 정신을 차릴 때까지 곁에 있어준 사람들이 진짜 살아있는 사람이 맞는지 지금까지도 알 수가 없습니다.

또 다른 사고가 일어나지 않도록 어떤 존재가 제게 도움을 준 것이었을까요? 바다 한가운데에서 제게 뛰라고 말했던 그 목소리는 도대체 누구의 목소리였을까요?

저는 집으로 와 이 일을 평소 가까이 지내던 친구에게 털어놓았더니, 친구는 깜짝 놀라면서 눈물까지 흘리는 겁니다. 평소 이 친구가 우는 걸 본 적이 없었는데 제 얘기를 듣고 눈물까지 흘리니 친구에게 무슨 일이 있었던 건 아닌지 걱정이 되더군요.

"왜 그래? 무슨 일 있었던 거야?"

"아니, 내가 일주일 전쯤 정말 이상한 꿈을 하나 꿨거든? 네가 자꾸 깊은 바다에 들어가려고 하는 거야. 그래서 내가 울며불며 잡아끌었는데 얼마나 힘이 센지 혼자서 도저히 말릴 수가 없더라고. 이대로 안 되겠다 싶어서 살려달라고 소리를 꽥 지르니까. 주변 사람들이 나와서 도와주더라. 그 꿈이 진짜 생생해서 나는 혹시 네가 잘못될까 봐 엄청 불안하더라고. 근데 무사히 나왔다니까 정말 다행이다."

저는 친구의 이야기를 듣고 어쩌면 저를 도와주었던 그 사람들이 친구의 꿈속에도 나왔다는 생각을 하면 너무 고마워서 어찌할 바를 모르겠습니다.

그 후로 저는 조상님이 도왔다 생각하며 살고 있습니다. 그날 사건은 제게 절대 잊을 수 없는 섬뜩한 경험으로 남아 있습니다.